행복한 가정의 중심에는 아버지가 있다. 웃음이 꽃피는 행복한 가정을 만드는 열쇠는 바로 당신에게 있다. "당신 때문에 행복해!", "우리 아빠가 최고야!"라는 말을 듣고 싶은가? 이 책은 바로 당신을 위한 책이다.

김성묵 (사)두란노아버지학교운동본부 이사장, 『좋은 남편되기 프로젝트』 저자

하나님께서는 마음과 삶에 큰 상처를 입은 사람들을 회복시켜 가정 사역자로 사용하시곤 한다. 저자가 진솔하게 풀어 놓은 삶과 가정 사역의 경험을 통해서 누구나 삶의 문제를 풀 수 있는, 하나님이 주시는 통찰력을 얻게 될 것이라고 확신한다.

김해수 일산동안교회 담임목사

언젠가 세상의 어떤 남편이라도 '두란노아버지학교'만 다니면 다 변할 수 있다고 생각한 적이 있습니다. 『까치집은 태풍에도 무너지지 않는다』를 읽으며 그 믿음이 틀리지 않았음을 다시 한 번 확인합니다. 아버지학교의 최고 수혜자는 바로 졸업생의 아내와 자녀들이라는 걸 새삼 깨닫습니다.

신은경 전 KBS 아나운서, 차의과학대학교 교수

"겸손은 악마의 모든 덫을 피한다"는 말이 있습니다 아버지의 역할을 다하기 위해서는 사랑하는 방법을 배워야 합니다. 저자는 아버지로서 자신이 겪은 성공과 실패를 솔직하게 전하고 있습니다. 더 늦기 전에 남편과 아버지로서의 행복을 회복하십시오. 아내와 자녀에게 존경받는 남편과 아버지가 되시길 바랍니다.

이기복 횃불트리니티신학대학원대학교 기독상담학과 교수, 두란노어머니학교 미주 지도 목사

마음이 따뜻한 사람의 글에는 온기가 있다. 저자가 바로 그런 사람이다. 사람들은 '사랑이 인생의 답'이라고 쉽게 말한다. 하지만 저자가 '두란노아버지학교' 훈련을 통해서 체득한 사랑으로 남편과 아버지로서의 삶을 살아 냈기에 그의 사랑은 흔하지 않은 삶 그 자체다.

이영희 이스라엘 교육연구원 원장, 『침대머리 자녀교육』 저자

인생은 '성취하는 경험'(일)과 '연결하는 경험'(사랑)이라는 두 가지 경험으로 이뤄진다. 이 책은 가족 간의 사랑이 일보다 왜 우선적으로 중요한가를, 남편으로서, 아버지로서, 한 남자로서 어떻게 사는 것이 참된 성공과 행복으로 가는 길인가를 재미있고 감동적인 이야기를 통해 교훈하고 있다.

정동섭 가족관계연구소 소장, 『인성수업이 답이다』 저자

『대학(大學)』에 '수신제가치국평천하(修身齊家治國平天下)'라는 구절이 있다. 저자는 크리스천 남성으로서 자신을 바르게 하고 가정을 잘 다스리며 세워 나간 남편이자 아버지이다. 말로만 아내를 사랑하고 자녀를 양육한 것이 아니라 삶으로 보여 주었기에 존경받는 남편, 존경받는 아버지가 되었다.

한은경 두란노어머니학교 본부장, 『당신 참 괜찮은 아내야』 저자

까치집은
태풍에도
무너지지
않는다

까치집은 태풍에도 무너지지 않는다

박종태 지음

비전북

까치집은 태풍에도 무너지지 않는다

발행일 2018년 6월 20일 초판 1쇄

지은이 박종태
펴낸곳 비전북
출판등록 2011년 2월 22일 제396-2011-000038호

마케팅 강한덕 한정희
관리 정문구 정광석 강지선 이나리 김태영
주소 경기도 고양시 일산서구 송산로 499-10(덕이동)

공급처 (주)비전북
전화 (031)907-3927
팩스 (031)905-3927

이메일 visionbooks@hanmail.net
ISBN 979-11-86387-30-6 03810

이 도서의 국립중앙도서관 출판예정도서목록(CIP)은 서지정보유통지원시스템 홈페이지(http://seoji.nl.go.kr)와
국가자료공동목록시스템(http://www.nl.go.kr/kolisnet)에서 이용하실 수 있습니다.
(CIP제어번호: CIP2018018204)

너의 행사를 여호와께 맡기라
그리하면 네가 경영하는 것이 이루어 지리라

— 잠언 16장 3절

조용하지만 강력한 파이팅

어린 시절 살던 집 뒤에 작은 개울이 있었다. 평소에는 도랑 같다가도 장마철이 되면 시뻘건 황토물이 소용돌이치며 흘러내려 가곤 했다. 장마 때의 그 거친 물살의 기억은 지금도 생생하다.

"장마 끝에 마실 물이 없다"는 중국 속담이 있다. 큰비가 내리면 수량이 많아 마실 물도 많을 것 같지만 정작 마시려고 보면 흙탕물이라 마실 수 없다는 뜻이다. 요즘 우리 삶이 이와 비슷한 것 같다. 누구나 사랑하는 사람과 함께 행복한 삶을 살기를 꿈꾼다. 사랑과 행복을 찬양하는 소리가 주변에 넘쳐나고 있다. 분위기 있게 사랑을 속삭여야 광고 효과도 있고, 대중가요는 노골적으로 사랑 타령을 해야 히트 친다. 그뿐인가. 드라마들은 돈과 사랑 중에 돈을 택한 사람은 망하고 사랑을 택한 사람이 결국 행복해지는 모습을 보여 준다. 사랑 지상주의에 빠진 채 살고 있는 것 같은 착각마저 든다. 오죽하면 페이스북facebook의 동감 표시도 "좋아요!"일까?

그러나 진정한 사랑은 오히려 메말라 가고 있다. 사랑에 대한 외침이 크면 클수록 메아리는 더욱 공허한 울림으로 되돌아온다. 겉으로 보면 제법 성공해서 부족함 없이 사는 것 같은 사람들도 한꺼풀만 들춰 보면 크고 작은 상처와 아픔 때문에 간신히 살아가고 있음을 알게 된다. 이들과 마주앉아 이야기를 나눠 보면 안타까운 사연들이 너무 많아서, 나도 모르게 그들의 손을 잡아주고 어깨를 토닥거리게 된다. 동시대를 살아가는 아버지로서, 남편으로서, 남성으로서 나와 같은 정체성을 가진 그들과 함께 무언가를 나누고 싶은 마음이 오랫동안 간절했다. 나 역시 그랬기 때문이다. 겉으로는 별문제 없이 살아가는 것처럼 보이는 보통 사람이었지만 실은 삶의 기준과 원칙이 없는 아버지요 남편이요 남성이었다. 그러다 아버지학교를 만나면서 인생 일대의 전환점을 맞이했다. 아버지학교를 통해 나의 정체성을 확립할 수 있었다. 진정한 남성상이 무엇인지 깨달았고 멋진 남편이 되는 법을 배웠다. 그렇게 깨지고 아파하고 다시 일어서는 과정을 통해 다듬어지면서 여기까지 걸어왔다. 이제는 아버지로서, 남편으로서, 한 인간으로서 어떻게 살아가야 할지 고민하며 부딪혀 배운 이야기들을 함께 나누고 싶다.

그동안 아버지학교에서 만난 많은 아버지들로부터 배우고 깨달은 것들을 이 책에 담았다. 이제부터 우리가 어떻게 인생의 혹독한 겨울을 이겨 내고 따뜻한 봄을 맞았는지에 대해서 들려 줄 것이다. 우리는 이 과정을 지나는 동안에 더 멋진 아버지, 더 괜찮은 남편, 더 성숙한 남성으로 거듭나길 소망해 왔다.

우리와 같은 소망을 품고 인생의 겨울을 지나고 있는 이들에게 소망 성취를 위한 비법을 알리고자 함이 아니다. 거대 담론도 없다. 다만 지극히 사소한 일상에서 터득한 지혜와 소망을 가지고 다시 한 번 힘을 내자고 격려하는, 조용하지만 강력한 파이팅을 나누고 싶다. 아마 많은 이들이 우리의 파이팅에 공감할 것이다.

"진리는 길가에 버려진 돌멩이와 같다"는 말이 있다. 만고불변의 진리도 내 것이 되지 않으면 쓸모없다는 의미다. 이 책의 한 페이지만이라도, 앞만 보며 질주하는 바쁜 남성들이 잠시 쉬었다 갈 수 있는 벤치가 되었으면 좋겠다. 잠시 쉬어 감이 있어야 성찰이 가능하기 때문이다. 살아온 날들을 되돌아봐야 살아갈 날들을 위한 걸음에 힘이 생긴다. 이 책을 읽으면서 자신의 인생을 돌아보고, 가족과 이웃들과의 관계를 살펴보는 시간을 갖길 바란다. 특히 누구에게도 말 못할 가족 간의 아픔과 고통을 겪고 있는 이들, 가정의 행복을 소망하며 길을 찾는 모든 이들에게 사랑의 묘약이 되길 바란다.

까치는 집을 지을 때, 가장 튼튼한 나무의 원줄기를 기초로 바람이 가장 세게 부는 날 씨줄과 날줄로 베를 짜듯 촘촘하게 엮어서 만든다고 한다. 그렇게 지은 집은 강한 태풍에도 무너지지 않는다.

우리 가정도 마찬가지라고 생각한다. 행복한 가정은 거저 주어지는 것이 아니라 가족 간의 사랑이란 씨줄과 희생과 존중, 오래 참음의 날줄로 촘촘히 엮어서 만들어가는 것이다. 이러한 가정은 어떤 환경에 직면하더라도 절대 깨지지 않고 이겨낼 수 있는 힘을 갖게 된다. 오늘이 있기까지 사랑과 기도를 아끼지 않으신 내 어머니 김정숙 권사님, 장모님 신순옥 권사님께 감사드린다. 젊은 시절 삶의 지혜를 가르쳐 주셨던 목회자료사 임석영 장로님, 신앙인으로 살아가는 삶의 모델이 되어 주셨던 홍성사 설립자이자 한국기독교선교100주년 기념교회의 담임이신 이재철 목사님, 행복한 신앙생활을 할 수 있도록 인도해 주시는 일산동안교회 김해수 목사님, 가정의 회복과 치유를 위해 평생을 헌신하신 두란노아버지학교운동본부 김성묵 이사장님, 어머니학교 한은경 본부장님, 오랜 시간 동일한 마음으로 헌신하고 있는 아버지학교와 어머니학교의 동역자들에게도 진심으로 감사드린다. 그리고 평생의 동반자요, 든든한 후원자인 아내 강지선, 사랑하는 새롬, 다혜, 현석이에게도 감사의 마음을 전한다.

그리고 이날까지 나를 지켜 주고 인도해 주신 우리 하나님께 감사와 영광을 드린다.

박종태

Part 03 사랑이 답이다

PART_01

남편이라는
이름으로
사랑하라

01

"아내가 변했어요.
미치겠어요!"

정과 끌로 맞으면 아플 수밖에 없다

지금 생각해도 아찔하다. '결혼, 24, 여행, 비극….' 단어마다 굵은 방점이 찍혀 있는 것 같다. 결론부터 말하자면, 이 사건의 끝은 결국 해피엔딩이다. 그러나 그러기까지 많은 시간이 걸려야 했다. 비극은 상처와 아픔을 남기기도 하지만, 그만큼 강렬한 인생의 교훈을 남기는 법이다.

아내와 나는 결혼 24주년을 앞두고 며칠 전부터 들뜬 마음으로 그날을 근사하게 기념할 방법을 궁리했다. 우선 어디를 갈 것인지부터 정했다. 목적지는 태안반도! 거기서 생활하시는 집사님네로 가서 보고 싶었던 분들도 만나고, 재미난 이야기꽃도 피우며 한번 신나게 놀아볼 생각이었다. 모든 것을 다 받아줄 것만 같은 느릿한 서해의 착한 파도를 보면서 바닷가를 거닐고, 한없이 차분한 마음의 감동을 주는 서녘의 저녁놀을 함께 바라보며 서로에게 감사와 사랑을 전하고 싶었다.

　　퇴근한 뒤에 아내를 차에 태우고 어둑한 서해안고속도로를 씽씽 달렸다. 앞으로의 결혼생활이 이처럼 쾌속 질주할 것만 같은 느낌이었다. 우리는 둘 다 약간 들뜬 마음으로 회사 이야기, 아이들 이야기, 교회 이야기를 도란도란 나누며 드라이브를 즐겼다. 그런데 딱 거기까지만 좋았다!

　　서산 IC 근처에 다다랐을 때였다.

　　"내비게이션 잘 봐. 우린 태안 쪽으로 나가야 하니까."

　　"응. 그런데 표지판을 잘 못 읽겠어."

　　"200미터 앞에 진출로가 있다니까 잘 봐. 어디로 나가라고 해?"

　　"잘 모르겠어. 가만있어 봐. 글씨가 작아서 잘 안 보여…. "

　　"빨리 알려줘! 지금 나가, 아니면 말아?"

　　"음, 잠깐만…."

　　내비게이션(이후 내비) 지도가 지금처럼 정교하지도 않은 데다 아내는 내비 보는 데 익숙하지 않았다. 내비가 있건 없건 부부가 낯선 곳을 향해 운전해서 갈 때는 흔히 벌어질 수 있는 상황이었다.

"아내가 변했어요. 미치겠어요!"

부부라는 게, 아무 일도 아닌 100만 가지의 일을 놓고 티격태격한다. 서로 간에 예의도 잊을 만큼 가까이에서 허물없이 지내다 보니 갖가지 충돌이 생기게 마련이다. 만약에 회사 동료가 조수석에 앉아서 똑같은 말을 했더라면 그렇게까지 화를 내지는 않았을 것이다. 하지만 상대가 아내였기 때문에 나도 모르게 마음 놓고 큰소리로 화를 내고 말았다.

"아니, 빨리 말해야지. 지나쳐 버렸잖아. 중요한 순간에 우물쭈물하면 어떻게 해? 그러다 사고라도 나면 어쩌려고?"

"나도 잘 모르는데 어떻게 빨리 대답을 해? 당신은 왜 그런 걸 가지고 화를 내? 내비 다시 찍고 되돌아가면 되잖아."

아내도 나만큼이나 목소리가 커졌다. 순간 '아니, 잘못한 사람이 누군데, 왜 자기가 화를 내는 거야?' 하는 생각에 화가 치밀었다. 그런데 설상가상으로 아내는 목적지에 도착할 때까지 내내 펑펑 울면서 나를 원망해 댔다. 나는 화가 머리끝까지 났지만 꾹 참고 "그만 기분 풀어. 여기까지 와서 이게 뭐야. 좋게 있다가 가자"라고 말을 건넸다. 그런데도 아내는 집사님을 만나서도 울음을 멈추지 않았다.

사소한 일로 솟아오른 작은 불씨 하나가 아내와 나를 거대한 분노의 불길 속으로 밀어 넣고 있었다. 우리 두 사람 모두 과민반응하고 있다는 걸 깨달았지만 이미 때는 늦었다.

우리가 꿈꾸던 낭만은 유리처럼 와장창 소리를 내며 깨져 버렸고, 우리 둘의 관계도 쨍그랑 소리와 함께 산산조각이 났다. 결혼 24주년 기념 여행은 그렇게 민망함과 난처함과 불쾌함으로 끝나버렸다.

지금 생각해 보면 아무 일도 아닌데…. 그때 내가 왜 그렇게까지 화를 냈을까? 혹시 지나쳤더라도 목적지를 새로 설정하고 되돌아오면 그만인 것을…. 그러나 그때는 화나는 것이 먼저였다.

그날 이후 아내와 나는 상대방에 대한 분노와 실망으로 힘든 나날을 보냈다. 그러다 아내가 '결혼 24주년 기념 여행의 비극'이라는 제목의 메일을 보내왔다. 제목을 읽는 순간 씁쓸했지만 한편으로는 안도감이 들었다. 아내가 먼저 화해의 손을 내미는 것 같았기 때문이다.

그러나 그것은 오판이었다. 메일의 내용은 제목 그대로였다.

"당신이 이런 식이라면 우리가 함께 오래 살기는 쉽지 않을 것 같아."

시쳇말로 "헐!" 소리밖에 나오지 않았다. 내 마음은 다시 분노로 가득 찼다. 순간, "당신이 그렇게 원한다면 하고 싶은 대로 해!"라는 말이 목구멍까지 올라왔다.

부부가 이러다가 이혼하는구나 싶었다. 사소한 마찰은 있었지만 큰소리 내지 않고 살아온 우리였다. 지독한 가난과 고생 속에서도 서로가 있어서 행복을 느끼며 살아온 우리가 아무리 생각해도 이깟 일로 이혼을 운운한다는 건 어불성설이었다.

"아내가 변했어요. 미치겠어요!"

자존심을 지키려다가 더 큰 것을 잃을 것 같은 위기감이 들었다. 화나는 마음을 누르고 우선 아내의 얘기를 들어 볼 필요가 있었다. 도대체 무엇이 내 아내를 이렇게 변하게 만들었을까? 나의 어떤 점 때문에 아내가 이혼까지 생각하게 되었을까? 지금 아내의 마음속에서는 어떤 일이 벌어지고 있는 것일까?

마침내 아내와 조용한 곳에서 만나기로 약속했다. 아내와 마주한 나는 마음을 가다듬고 이렇게 입을 뗐다.

"당신도 많이 속상하지? 마음 아파하는 거 알아. 당신 얘기를 들으러 왔으니 말해 봐. 충분히 기다릴 수 있어."

아내는 말없이 눈물만 글썽였다. 원래 눈물이 많은 여자다. 아내의 눈물에 제법 익숙했는데도 마음이 아프고 내 자신이 한없이 작아지는 것 같았다.

이윽고 아내가 조심스럽게 입을 열었다. 우울증 증세가 원인이라고 했다. 그즈음 아내는 자신도 모르게 모든 일이 의미 없어 보이고, 귀찮고, 지금까지 헛살아온 것처럼 느껴진다고 했다. 이유 없이 신경질이 나고, 작은 일에도 분노가 치밀어 오르거나 시도 때도 없이 눈물이 솟고, 깊은 잠을 못 잔다고 했다. 듣고 보니 아내가 이상하다고 느껴지던 순간이 있었지만 그때마다 그저 '기분 안 좋은 일이 있었나 보다'라고 대수롭지 않게 넘기곤 했다는 것을 깨달았다. 아내의 변화에 무심했던 것이다. 아내는 혼자서 변화의 시간을 힘들게 견디고 있었다.

아내를 괴롭힌 것은 다름 아닌 '갱년기 우울증'이었다. 갱년기에 이른 여성은 급격한 호르몬 변화로 인해 신체적으로도 정신적으로도 격동의 시기를 보내야 한다. 폐경을 전후로 짧게는 2년, 길게는 8년 정도 변화를 겪으면서 심한 경우에는 우울증 진단을 받게 된다.

흔히 "나이 들어서 그래"라는 말을 농담처럼 주고받는데, 사실 농담이 아니다. 나이가 사람을 변하게 만들 수 있다. 신체 변화가 정신과 마음에도 영향을 주기 때문이다.

"당신이 이렇게 힘들어하는 줄은 몰랐네. 미안해."

아내의 두 손을 꼭 잡자 이내 눈물방울이 더 굵어졌다. 우리는 손을 마주 잡고 기도했다.

"나무는 빗물을 먹고 자라고 사람은 눈물을 먹고 자란다"고 누군가 말했다. 나는 여기에 한 가지를 덧붙이고 싶다. "부부는 기도를 먹고 자란다"라고⋯. 기도는 부부를 성숙케 한다. 기쁠 때는 기뻐서, 슬플 때는 슬퍼서, 어려울 때는 어려워서 기도할 줄 알아야 한다.

우리 부부가 바로 그랬다. 기도한 만큼 함께 성장했고 부부 사이가 더 돈독해졌다. 비극으로 치달을 뻔했던 결혼 24주년 기념 여행을 계기로, 우리는 손을 맞잡고 기도할 수 있었다. 그 일이 있은 후 아내는 나를 더 존중하고 이해하려는 모습을 보여 주었고, 나는 어떻게든 아내를 편안하게 해 주려고 노력했다.

"아내가 변했어요. 미치겠어요!"

며칠 후 퇴근해서 집에 들어온 나의 손에 아내가 무언가를 꼭 쥐어 주었다. 손바느질해서 만든 생쥐 모양의 열쇠고리였다. 알록달록한 색깔의 갖가지 천 조각들을 이어서 만든 것이라 그런지 촉감도 다양했다. 무엇보다 아내가 나를 위해 한 땀 한 땀 정성스럽게 바느질했을 것을 생각하니 가슴이 뭉클해졌다. 나는 늘 열쇠꾸러미를 챙겨서 다니곤 하는데, 아내도 그처럼 내 손에 항상 가까이 있고 싶어했던 것 같다. 아니, 내 마음속에 항상 함께 있기를 바랐을 것이다. 나는 24주년 기념 여행이 남긴 아픈 마음을 수첩에 잘 기록해 두었다. 같은 실수를 반복하지 않기 위해서다.

언젠가 부부는 서로가 날마다 죽어야 하는 관계라는 내용의 설교를 들은 적이 있다. 이 말은 진리다. 처녀 총각이 만나 결혼하는 순간 각각은 아내와 남편이 되고, 동시에 '부부'라는 한 이름으로 다시 태어난다. 화평한 부부 관계는 날마다 죽어야만 유지될 수 있다. 자기를 고집하고 내세울수록 상대방의 마음은 점점 더 멀리 떠나가기 때문이다. 날마다 사랑과 화평을 위해 기꺼이 훈련받지 않는다면 가정은 이내 전쟁터가 되고 만다.

아내란 존재는 처음부터 남편의 보호를 받도록 창조되었다. 아내는 외부의 충격을 받으면 깨어지는 질그릇처럼 여기고 보호해야 할 대상이다. 남편이 아내를 보호한다는 의미는 상대를 끊임없이 이해하려고 노력하고, 내 뜻대로 되지 않더라도 참아 주는 노력을 게을리 하지 않는다는 것이다.

그러나 남편이 성인군자는 아닌 탓에 아내를 보호하는 역할을 온전히 감당하지 못할 때가 많다. 그때마다 아내는 예민한 반응을 보이곤 한다. 우리 부부도 그랬다. 그럴 때면 나는 아내를 나의 모난 부분을 깎고 다듬어 주시는 하나님의 정이요 끌이라고 생각한다. 아내로 인해 마음이 힘들어질 때마다 머릿속에 '정과 끌'을 떠올리며 '하나님의 다듬질'에 대해 묵상하곤 한다.

보석 장인(匠人)은 원석을 손에 쥐고 필요 없는 부분은 떼어 내며 날카로운 부분은 다듬는다. 그래야만 보석이 되기 때문이다. 그 과정에서 위대한 작품이 탄생하기도 한다. 마찬가지로 부부란 가공되지 않은 원석끼리 만나 서로 깎고 다듬는 과정을 통해 비로소 보석으로 거듭나는 관계다. 하지만 정과 끌이 닿을 때마다 깨어지는 아픔이 있다. 이 훈련을 피할 방법은 없다. 남편은 아내라는 정과 끌을 통해 다듬어진다. 그러나 아내는 다르다. 질그릇이기 때문이다. 질그릇을 다듬는다고 정과 끌을 댔다가는 금세 깨지고 만다. 아내는 한없이 조심스럽게 어루만져야 할 대상이다.

그렇다. 아내라는 정과 끌로 다듬어질 때마다 나는 엄청난 고통을 느낀다. 그러나 그 아픔을 통해서만 남편으로서 온전해질 수 있다는 것을 알기에 인내한다.

"아내가 변했어요. 미치겠어요!"

남편은 아내를, 아내는 남편을 공부하라

갱년기를 맞은 여성은 이전과는 전혀 다른 사람이 되기도 한다. 어느 여 집사님의 얼굴이 근래 계속해서 빨갛게 상기되어 있어서 건강에 이상이 생긴 것이 아니냐고 조심스럽게 물었다. 그랬더니 갱년기로 인한 안면홍조증이라고 한다. 그러고는 남편과 자식들에게 헌신하며 살아왔는데 지금은 너무 허무하다며 호소한다.

그러나 대부분의 남편들은 아내의 그런 변화에 무심하다. "당신이 집에서 하는 일이 없어서 그래" 하고 핀잔이나 준다. 아내가 신체적으로 매우 예민한 인생의 터널을 지나고 있을 때 남편 혼자서 유유자적한 것이다.

내 아내 역시 그런 시간을 지났다. 아내와 나 사이에 아슬아슬한 긴장과 갈등의 순간들이 여러 번 있었다. 그때마다 아내를 이해할 수 없어서 야속했다. 어느 날, 거래처 여자 부장에게 아내의 급격한 변화와 우울증으로 인해 내가 겪는 괴로움에 대해 하소연했더니 격하게 공감하며 이렇게 말하는 것이었다.

"내가 그랬어요. 정말 나도 나 자신을 어찌지 못해 미쳐 버릴 것 같았어요. 그런데다가 주말이면 남편이 하루 세 끼를 꼬박꼬박 차려 내라고 요구하니…, 아주 돌아버리겠더라고요."

아버지학교에서 이런 이야기를 나누면 99퍼센트가 "아내란 알다가도 모를 존재"라고 대답한다. 아내에 대한 지식이 없는 것이다. 남편에게 아내는 어제나 오늘이나 동일했으면 하고 바라는 존재일 뿐이다. 그러나 그것은 바람일 뿐 현실은 그렇지 않다. 그러니 아내란 "알다가도 모를 신비로운 존재"가 될 수밖에 없다. 남편과 아내에게 서로에 대한 이해가 부족하니 피차 고통스러울 따름이다.

결혼 24년이면 강산이 두 번 하고도 절반쯤 변했을 시간이다. 강산도 변하는데 하물며 사람이 20년 내내 그대로일 리가 만무하다. 나이 들어 가면서 몸이 변해 가듯이 마음도 변하고, 사회 문화적 환경이나 경제적 여건이 달라짐에 따라 남편과 아내 또한 변해 간다. 그 양상은 인생의 굴곡만큼이나 변화무쌍하다. 그러니 서로에 대해 끊임없이 공부할 필요가 있다.

달콤한 연애를 할 때는 상대방에 대해 무엇이든 알고 싶어 한다. 상대가 커피를 좋아하는지 녹차를 좋아하는지, 산을 좋아하는지 바다를 좋아하는지 궁금해 한다. 강아지와 고양이, 산책과 운동, 여행과 독서, 음악와 미술, 비 오는 날과 화창한 날, 가을과 겨울 중 어느 쪽을 더 좋아하는지 알고 싶어 한다. 그렇게 열정적이던 남녀도 결혼 횟수가 늘어나면 늘어날수록 서로에 대한 기대나 설렘이 사라지고 아무런 공부도 하지 않게 된다. 급기야 가장 가까운 평생지기가 인생의 변화를 얼마나 치열하게 겪고 있는지 알려고도 하지 않는다.

남편은 아내가 밥 해 주는 걸 당연하게 여기고, 아내는 남편이

"아내가 변했어요. 미치겠어요!"

돈 벌어 오는 것을 당연하게 여긴다. 그러나 세상에 당연한 일이란게 과연 있을까?

서로에 대해 불평할 시간에 차라리 서로에 대해 공부를 하는 것이 낫다. 아내는 남편에 대해 공부하고, 남편은 아내에 대해 공부하라. 아내들이여, 어제보다 심장 뛰는 소리가 약해지고, 정년^{停年}의 두려움을 느끼기 시작하고, 돈 버는 능력이 떨어져 가는 남편에 대해 공부하라. 남편들이여, 흰머리가 나기 시작하고, 청소와 설거지에 진절머리가 나고, 일일이 챙겨 줘야 하는 자녀들 대신 이제는 친구들과의 바깥나들이가 더 좋아진 아내에 대해 공부하라.

단언컨대, 부부가 서로에 대해 공부한 만큼 사랑과 이해의 폭은 넓고 깊어진다. 그리고 서로에 대한 최고의 격려와 칭찬은 감사임을 잊지 말자. 아내는 남편에게 감사하고, 남편은 아내에게 감사해야 한다. 감사는 사랑으로 가는 첫 번째 문이고, 모든 불화를 종식시키는 마침표이기 때문이다.

02

3주의 침묵 전쟁과
행복의 의미

당신은 나한테 아무 관심이 없어

"퇴근하고 시간 좀 내 줘요."

아내가 출근하는 내게 심드렁하게 한마디 툭 던졌다. '드디어 올 것이 왔구나.' 당황한 나는 "으…응, 알았어"라고 짧게 대답했다. 아내는 내 시선을 외면한 채 베란다 쪽을 바라보고 있었다.

벌써 3주째다. 이번 냉전은 꽤 길어지고 있었다. 짧으면 사나흘, 길면 일주일이 보통이었는데, 이번에는 3주를 훌쩍 넘겼다. 부부간의 전쟁은 늘 그렇듯이 옮겨 적거나 기억할 만한 것도 못 되는, 아주 사소한 일로부터 시작되었다. 사소해도 너무 사소해서 뭐 굳이 사과할 필요를 못 느껴 넘어가는 듯 했으나, 충돌의 앙금으로 인해 관계에 금이 간 결과 아내와 나 사이는 조금씩 멀어졌다. 껄끄러운 거리는 날마다 증폭되었다. 거기다 자존심 문제까지 겹치면 아주 골치 아파진다.

다툼 없이 지내는 부부는 거의 없다. 하지만 티격태격해도 부부로 사는 만큼, 그들만이 가지는 종전終戰의 노하우가 있는 법이다. 우리 집에서 부부 싸움의 종전을 지휘하는 것은 언제나 내 몫이었다. 늘 내가 아무것도 아니라는 듯이 먼저 사과하고 먼저 용서를 구하고 먼저 화해를 청하곤 했다. 그런데 이번에는 너무 사소한 일로 토라져 있는 아내가 야속해서 나도 짐짓 모른 체 방치하고 있었던 것이다. 어쩌나 보자 하는 심정이랄까. 그러는 동안 3주라는 시간이 휙 하고 흘러가 버린 것이다.

퇴근하고 만나자는 아내의 말에 왠지 기분이 좋아졌다.

'이 사람이 화해할 모양이네. 웬일이야? 하긴 3주나 끌었으니 자기도 지쳤겠지. 이제 이 찝찝한 냉전에 종지부를 찍는구나. 화해의 저녁이니 오늘밤엔 맛있는 거 먹으면서 좋은 시간을 보내야지. 파주 쪽 맛집 검색이나 해볼까?'

아내와 어떻게 화해할 것인가에 대해서는 관심도 갖지 않고 그저 냉전을 끝내게 되었다는 것 자체만으로도 신이 났다.

"10분 후면 도착할 거예요. 내려와서 기다려요."

어디로 갈까 고민하면서 집 앞에 도착했더니 아내가 싸늘한 기운을 내뿜으며 아파트에서 내려왔다.

"자유로 쪽으로 갈게."

아내는 내 말에 아무런 대꾸도 않고 안전벨트를 맸다. 호수공원을 빠져나가 자유로로 들어섰을 때 차의 창문을 내렸다. 따사로운 5월의 밤공기가 밀려 들어왔다. '오늘 우리 사이도 이 바람처럼 훈훈해지겠구나' 싶어서 이미 내 마음은 녹기 시작했다. 그때 아내가 한마디 던졌다.

"박종태. 이 나쁜 놈아."

순간 내 귀를 의심했다. 내가 아는 한, 아내의 입에서 나올 수 있는 말이 아니었다. 나는 너무 황당해서 아무 말도 할 수가 없었다. 잠시 침묵하던 아내가 다시 입을 열었다. 무슨 말부터 어떻게 해야 할지 모르겠다고 하더니 이내 울먹거렸다.

"당신은 나한테 너무 관심이 없어. 나랑 이야기도 하지 않고, 선물도 안 해 주고…."

뒤통수를 얻어맞은 기분이었다.

"무슨 소리야? 옛날에 많이 해 줬잖아."

아내가 소리를 버럭 질렀다.

"당신은 듣기만 해!"

아내의 울부짖는 소리에 도통 상황을 짐작할 수가 없었다. 뭔가 큰 잘못을 저지른 기억이 없었다. 머리를 열심히 굴렸지만 잡히는 건

3주의 침묵 전쟁과 행복의 의미

전혀 없었다. 일단 자유로에서 빠져나와 한적한 곳에 차를 세웠다. 그리고 솔직하게 고백했다.

"그래, 내가 당신한테 뭔가 많이 잘못한 거 같은데, 뭘 잘못했는지 모르겠어."

그러자 아내가 한숨을 푹 쉬었다.

"당신은 내가 미친 거 같지? 사실 나 너무나 외로웠어. 당신은 좋은 일 한다고 엄청나게 바쁜데…, 나는 그동안 너무 외로웠다고."

그 순간, 아내의 절절한 말이 내 가슴을 후려쳤다. 그러면서 살아온 날들을 돌아봤다. 솔직히 너무 바빠서 아내와 대화할 시간, 아내를 기쁘게 해 줄 시간이 없었다. 사업하느라 발에 땀이 나도록 뛰었고, 남은 시간에는 아버지학교 사역을 하느라 모든 시간과 에너지를 쏟아부었다. 퇴근 후 저녁 시간, 주말, 공휴일은 모두 그렇게 다른 아버지들을 바로 세우고 가정을 지키는 일에 집중했는데, 정작 내 아내는 혼자서 외로움에 떨고 있었던 것이다.

아내를 외롭지 않게 해야 할 남편의 의무

가정에서 남자는 여러 역할을 맡고, 그 역할에 따라 불리는 이름도 다양하다. 부모에게는 아들로, 아내에게는 남편으로, 자녀들에게는 아버지로 불린다. 이름이 다른 만큼 역할도 제각각이다. 그러나 많은 남자들이 그 이름에 걸맞은 역할을 부담스러워하며, 일단은 집안의 경제적인 책임을 지는 일에 몰두한다. 거기에 많은 시간과 에너지를 쏟아붓고는 탈진해버린다. 그래서 자녀 교육을 비롯해 집안의 모든 일을 아내에게 일임한다. 나 역시 회사 일로 정신없이 바쁘게 지내면서, 한편으로는 좋은 일을 하느라 오히려 내 가정은 뒷전이었다. 가정에서의 많은 부담을 혼자 떠안고 지냈을 아내는 "너무 외로웠다"는 말로 자신의 절박한 상황을 토로했던 것이다.

흐느낌과 울부짖음으로 자신의 밑바닥까지 다 털어 낸 아내가 물기 많은 목소리로 말했다.

"잘 들어 줘서 고마워."

미안했다. 얼굴을 들 수 없을 정도로 아내에게 미안했다. 남자의 체면과 자존심을 언제까지 내세우고 고집할 것인가? 내 체면과 자존심이 아내보다 더 중요한가? 절대로 그렇지 않다. 나는 아내의 남편으로서 가장 기본적인 의무를 소홀히 했다. 아내를 외롭게 만든 장본인이 바로 나였다. 이 분명한 사실 앞에 내가 할 수 있는 것은 진심에서 우러나오는 사과밖에 없었다.

"당신이 이렇게까지 힘들어 하는 줄 몰랐어. 내가 열심히 봉사하면서 잘 살면 당신이 다 이해해 줄 거라고 믿었나봐. 정말 미안해. 앞으로는 당신이랑 함께할 수 있도록 노력할게."

나는 아내의 손을 꼭 잡았다. 따듯한 손이었다. 아내의 손을 잡은 채 호흡을 가다듬고 기도를 했다. 우리 두 사람을 만나게 해 주신 하나님이 감사했고, 나를 믿고 따르고 사랑해준 아내가 고마웠다. 비록 눈물과 한숨과 갈등이 있더라도 끝까지 둘이 한마음으로 살아가게 해 주실 것을 간구했다.

3주간의 침묵 전쟁, 그리고 결국 외로움을 토로한 아내의 절규 앞에서 나는 다시 한 번 진정한 행복이 무엇인가를 생각해 보지 않을 수 없었다. 행복은 무엇이 있다고 해서, 또 무엇이 없다고 해서 이루어지는 것이 아니다. 조건과 환경에 따라 달라진다면 그것은 행복이 아니다. 진정한 행복은 주어진 상황에 관계없이, 뜻을 같이 나누고 소중한 것을 함께하는 데서 피어난다. 나 혼자 아무리 좋은 일을 하고 거기서 보람과 의미를 찾는다 하더라도, 옆에 있는 아내가 외로워하고 있다면 그것은 진정한 행복이라고 할 수 없다. 행복은 함께하는 것이다.

아내를 경제적으로 풍요롭게 해 주는 것도 남편의 할 일이지만, 그보다 더 중요한 것이 있다. 돈으로 해 줄 수 없는 것, 오직 마음으로만 해 줄 수 있는 일. 그것은 바로 아내가 혼자라고 느끼지 않도록 해 주는 것이다. 아내를 외롭게 만들지 않는 것은 남편의 첫째가는 의무다. 요즘 남편들은 첫 번째 요소는 등한시한 채, 돈만 많이 벌어다주면 제일이라고 생각한다. 하지만 그것은 착각이다. 여성이라는 별에서 온 아내가 가장 원하는 것은 남편의 관심과 사랑이다. 그걸 받아들이지 않으면, 나처럼 아내한테 "나쁜 놈!" 소리 듣기 십상이다. 남편들이여, 정신 바짝 차리자!

함께하는 것보다 더 좋은 것은 없다

초등학생을 둔 아버지들을 대상으로 강의할 기회가 생길 때마다 나는 앞에서 말한 3주간의 침묵 전쟁의 발발과 종전 이야기를 예화로 들곤 한다. 아내를 외롭게 하지 않는 것이 남편의 첫째가는 의무라고 강조했더니, 강의가 끝난 뒤 어떤 분이 조용히 나를 찾아왔다. 굴지의 대기업에서 일하는 부장이었다.

"이런 이야기는 처음 듣습니다. 한마디로 충격적인 내용이에요. 저는 돈 벌어서 집에 갖다 주면 남편으로서 의무는 다했다고 생각했어요. 아내는 그 돈으로 나머지 할 일을 모두 알아서 해야 하는 게 당연한 거 아닙니까?"

아마, 대부분의 남자들이 그렇게 생각하고 오늘도 뛰었을 것이다. 가정의 경제를 책임지는 가정의 구심점으로 살아가는 것이 곧 가정의 행복을 지키는 길이라고 믿으면서 말이다. 하지만 가정을 어떻게 경제적으로만 지킬 것인가. 남편의 책임은 경제적인 것뿐만 아니라 정서적인 부분에서도 분명하다. 아내의 마음을 지키고, 자녀들의 마음을 살피는 것이 더 어렵고 필요한 일이다. 아무리 경제적으로 풍요로워도 그것으로 마음은 지킬 수는 없으며, 경제적으로 아무리 빈곤하더라도 결속된 마음은 무너지지 않는다. 요컨대 남편은 가정의 마음을 책임지는 파수꾼인 것이다.

가정의 행복은 아내로부터 시작된다. 그러므로 아내를 외롭게 방치하지 말아야 한다. 내가 잘되고 내가 잘 나가고 내가 행복하다고 해서 아내 또한 덩달아 잘되고 잘 나가고 행복한 것은 아니다. 내가 소중하다고 생각하는 모든 것들을 아내와 함께 나누라. 기분 좋은 일뿐만 아니라 아프고 힘들고 풀리지 않은 일까지 모두 아내와 나누라.

아내는 당신이 벌어다 주는 돈보다 무엇이든 함께하겠다는 마음을 더 좋아한다. 함께하는 것만큼 행복한 일은 없다.

03

콩깍지가 변해야
행복하다

힘든 일은 둘이 함께

"자, 이번엔 원샷이야!"

"여보, 러브샷!"

"이번엔 묵찌빠로 지는 사람이 먼저 마시는 거야."

아내와 술자리에서 나눈 대화가 아니다. 작년 가을 밤, 집에서 있었던 일이다. 우리는 다음날 대장내시경 검사를 앞두고 있었다. 해 본 사람들은 알겠지만, 검사 전에 4리터의 대장정결제를 마시는 일은 보통 고역이 아니다. 마시는 것도 내보내는 것도 진땀나는 일이다.

그래서 나는 아내와 합동 작전을 벌였다. 게임하듯 즐기면서 부부가 함께 해내자는 생각이었다. 이럴 때 쓰는 말이 "카르페 디엠 (Carpe Diem)!" 피할 수 없다면 즐기라는 뜻이 아니던가? 마치 술을 마시듯, 컵을 가득 채운 대장정결제를 원샷과 러브샷으로, 재밌는 건 배사를 동원해 웃으면서, 게임하면서 벌주 마시듯 기분 좋게 4리터를 기분 좋게 들이켰다(최근에는 양이 줄었다).

한번 상상해보라. 다른 식구들은 보통 때처럼 먹고 TV를 보거나 스마트폰을 만지작거리며 놀고 있는데, 혼자서 대장정결제를 4리터나 마셔야 한다면? 아, 생각만 해도 끔찍하다.

작년 하반기에 몸도 마음도 피곤한 일이 좀 있었다. 그래서 지방 출장을 갔다가 응급실까지 실려갈 정도로 몸 상태가 바닥으로 떨어졌다. 이참에 아내와 함께 건강검진을 종합적으로 받기로 했다. 아내는 무엇보다 대장내시경 검사를 받기 전에 장을 비우는 약을 먹을 생각에 크게 걱정하고 있었다. 나는 아내의 어깨를 다독거렸다.

"걱정 마. 내가 같이 하는데 무슨 걱정이야?"

힘들고 어려운 일을 혼자 한다는 상상만 해도 안쓰럽고 쓸쓸하다. 고통스럽고 고독한 일이다. 혼자 감당해야 한다는 생각만으로도 주눅이 들고 자신감이 곤두박질친다. 하지만 부부가 함께한다면 준비 과정은 한결 수월해지고 마음은 편안해진다. 건강검진을 받기 위해 금식하고 대장정결제를 먹고 병원에 가는 일 모두 부담이 절반으로 줄어든다.

아내가 아프다고 말하면 남편들의 반응은 대체로 싸늘한 편이다.

"병원 가 봐!"

"병원 안 가는 거 보니까 아직 덜 아픈 모양이네."

어디가 얼마나 아프냐고 묻지도 않고 지극히 형식적으로 건네는 이런 말에 아내들은 엄청 서운함을 느낀다. 사실 아내가 아프면 집안이 올스톱되는 것이 자연스러운 결과인데도 간 큰 남자들은 아직도 아내의 존재감과 무게를 제대로 모르고 있다. 아무 일 없이 집안이 굴러가는 것은 아내의 조용한 수고와 노력 덕분인 줄 감지하지 못하기 때문이다.

그래서 나는 대장내시경 검사는 부부가 함께 받으라고 권한다. 대장내시경 검사는 준비하는 것도 검사 받는 것도 힘들다. 그 힘들고 어려운 일을 아내나 남편이 혼자 하도록 방치하지 말자. 부부가 서로를 배려하는 것은 사랑의 다른 이름이다. 상대방을 이해하는 그것이 바로 배려다. 사랑은 배려를 낳고, 배려는 친밀감을 낳고, 친밀감은 사랑을 낳는다. 이 순환 고리로 부부는 하나가 된다. 고리가 튼튼할수록 부부의 진실한 결속은 강력하지만, 어느 한 고리가 느슨해져서 끊어지게 되면 부부는 위기를 맞을 수밖에 없다.

콩깍지가 변해야 행복하다

콩깍지, 사랑의 초기 증상

남자와 여자가 만나 사랑에 빠지게 되면 눈에 콩깍지가 씐다고 한다. 사랑에 눈이 멀어서 한 마디로 '뵈는 게 없다'는 말이다. 어색한 쌍꺼풀도, 툭 튀어나온 볼도, 점이 많은 얼굴도, 괴팍한 성격도, 얇은 지갑도 모두 평가의 대상에서 제외된다. 그저 사랑스러운 면면뿐이다. 약속 시간에 늦어도 사고 없이 와 준 것이 고맙고, 머리가 아프다고 하면 덩달아 내 머리도 아프고, 평소에는 쳐다보지도 않던 느끼한 크림스파게티도 신나게 먹어 줄 수 있고, 침대와 일심동체가 되고 싶은 마음을 떨치고 주말 등산도 마다하지 않는다.

이 콩깍지 이론은 매우 과학적인 근거를 가지고 있다. 미국 시러큐스 대학교^{Syracuse University} 연구 팀의 보고서에 따르면 사랑에 빠진 연인들의 뇌에서는 뇌 영역 12군데가 협력해 행복한 기분이 들게 만드는 도파민, 옥시토신, 아드레날린 같은 물질이 쏟아져 나온다고 한다. 이런 물질들 덕분에 사랑하면 누구나 시인이 될 수 있다. 감정 표현이나 은유 같은 인지 기능에도 영향을 미치기 때문이다. 특히 신경전달물질인 도파민은 감정, 동기부여, 욕망, 쾌락, 의욕 등에 영향을 미쳐, 상대방에 대한 열정이 솟구치게 만든다.

사랑하는 마음에 따라 몸도 반응한다. 사랑을 뜨겁게 만드는 이런 여러 신경전달물질 덕분에 우리 눈에는 콩깍지가 씌어, 아주 사소한 일부터 큰일까지 모두 상대방 중심으로 선택하고 결정하게 된다. 지하철 타는 것을 즐겨도 그 사람이 걷자고 하면 걷고, 지상에서 최고의 음식은 된장찌개라고 생각했지만 그 사람이 샌드위치를 먹자고 하면 그걸 먹는다. 사랑에 빠진 이들의 뇌에서 방출되는 이 특별한 사랑의 호르몬은 영원히 분출되지는 않는다. 짧게는 2년, 길게는 3년이면 방출이 중단된다. 그래서 사람들은 그 기간을 불타는 사랑의 유효기간이자 콩깍지가 떨어지는 시간으로 본다. 뜨거운 사랑은 드디어 이성을 회복하고 일상을 되찾는다. 하지만 언제까지 뇌에서 분비되는 사랑의 호르몬에 기대어 사랑할 것인가?

사랑할 때 분비가 촉진되는 도파민 같은 신경전달물질은 마중물과 같다. 지금이야 언제든지 수도꼭지만 돌리면 물이 콸콸 쏟아지지만 예전에는 집집마다 펌프가 하나씩 있었다. 우물에 있는 펌프는 평소에는 말라 있지만, 물 한 바가지를 붓고 펌프질을 시작하면 물이 콸콸 쏟아졌다. 물을 끌어올리기 위해 처음에 붓는 한 바가지의 물이 바로 마중물이다. 펌프에서 물을 얻기 위해서는 반드시 마중물이 필요하고, 펌프질을 계속하면 원하는 만큼 물을 얻을 수 있다.

사랑의 호르몬들은 사랑의 물꼬를 터 준다. 이 특별한 마중물은 하나님이 주신 선물과도 같다. 그런데 이 마중물이 콸콸 흐르는 물줄기가 되기 위해서는 펌프질이라는 수고와 노력이 필요하다. 남편과 아내 두 사람 사이에 사랑의 강이 흐르기 위해서는 서로를 참아주고

　　　　　　　　　　　콩깍지가 변해야 행복하다

상대방을 위해 희생하는 시간이 필요하다. 도파민에 의지한 불꽃 사랑으로 끝낼 것인가, 아니면 인내와 헌신을 밑거름으로 한 성숙한 사랑으로 함께할 것인가? 그것은 두 사람의 선택에 달려 있다.

사랑은 손에서 시작된다

건강검진을 마치고 나는 회사로 달려갔다. 복잡한 업무에 매이다 보니 오후 시간이 휙 지나가고 퇴근 시간 무렵 "또르르!" 문자 도착 알림 소리가 울렸다. 아내가 보낸 문자였다.

"나는 당신을 만난 것이 행운이고 감사입니다."

순간 유난히 길게 느껴진 하루의 무게가 소리 없이 증발하는 것 같았다. 나는 메시지의 '영구 보관' 버튼을 꾹 눌렀다.

지금이야 눈빛 하나만 봐도 아내의 열 길 마음속까지 9할은 맞추지만, 이렇게 되기까지는 적잖은 시간이 필요했다. 티격태격 말싸움에서부터 며칠씩 계속되는 냉전에 이르기까지, 나는 자존심을 바지 뒷주머니에 찔러 놓은 채 아내에게 먼저 애교를 부리고, 먼저 말을 걸고, 내가 잘못했다고 사과하곤 했다. 서먹하고 어색한 걸 도무지 못 참는 성격 탓에 나는 늘 부부 싸움에서 패자처럼 아내를 향해 백기를 들었다.

한번은 내가 잘못한 일도 아닌데 도리어 아내가 화를 내고 입을 닫았다. 이렇게 되니 잘못한 것도 없는 내가 오히려 아내 앞에 죄인 같은 기분이 들어 불쾌했다. 우리 두 사람의 관계에서 누구의 잘잘못을 떠나 무조건 내가 잘못한 것으로 상황이 결정되는 것 같아 생각할수록 점점 화가 났다. 아내는 내 쪽에서 먼저 사과하는 것을 으레 당연시하는 것 같았다. 그래서 이번에는 작정하고 '아내가 먼저 말을 걸기 전까지는 절대로 내가 먼저 말을 걸지 않겠다'고 다짐했다.

속절없이 시간은 잘도 갔다. 이와 같은 냉전은 오래갈수록 본질은 잊어버리고 자존심 싸움만 되기 마련이다. 나는 다시 마음을 고쳐먹었다.

'오늘밤엔 말을 트고 자야지.'

침대에 나란히 누웠으나 서로 닿지 않으려고 멀찍이 누운 상태였다. 그때 아내에게 화해의 신호를 보내려고 발을 살짝 건드렸다. 아내는 움찔하더니 내 발을 뿌리치고 뒤로 물러났다. 아내가 야속했다. 그렇다고 여기서 물러서면 안 된다. 속이 상했지만 다시 손을 뻗었더니, 아내가 또 물러나면서 쌀쌀맞게 뒤로 휙 돌아누웠다. 나는 점점 화가 났다. 내가 한 수 접고 들어갈 때 못이기는 척하고 풀면 될 걸, 아내는 왜 이렇게 고집을 피운단 말인가. 그렇게 20분쯤 지났을까? 옆에서 쿵 소리가 났다. 나를 피해 조금씩 뒤로 가던 아내가 침대에서 떨어진 것이다. 아내는 곧장 베개를 들고 거실로 나가 버렸다.

콩깍지가 변해야 행복하다

혼자 남은 나는 소리가 새어 나가지 않도록 베개에 얼굴을 파묻고 낄낄대며 쾌재를 불렀다. 솔직히 고소했다. 내 속을 그렇게 긁다가 침대에서 떨어져 한없이 부끄러웠을 걸 생각하니 절로 웃음이 났다. 이 에피소드는 두고두고 우리 부부를 빵 터지게 하는 추억으로 남았다. 아내는 너무 창피해 죽는 줄 알았다고 말했지만, 나는 베개에 얼굴을 묻고 고소해 했다는 이야기를 차마 하지 못했다.

남자는 거절당하면 당황한다. 그것도 아내로부터 거절당하거나 남편으로서의 권위를 인정받지 못한다고 느낄 때 한없이 절망한다. 그것은 아마 아내도 마찬가지일 것이다. 하지만 거절당할까봐 먼저 손 내밀지 못하고 상대방의 손만 기다리는 동안, 두 사람의 화해는 점점 어려워진다. 그만큼 화해는 어렵지만, 화해가 이루어지는 과정을 통해 부부는 성숙해진다. 성숙한 두 사람은 시간이 지날수록 더 넓고 깊은 사랑을 누리게 된다.

손 내미는 것은 너무나 짧은 한순간이지만, 그 장벽은 매우 높다. 높은 장벽을 넘기 위해서는 인내가 장착된 훈련이 필요하다. 세상의 쉽지 않은 모든 일을 해내기 위해서는 훈련 외에 다른 방법이 없다. 손을 내민다는 것은 나보다는 당신을 먼저 생각한다는 마음의 표현이다. 그것은 또한 남편과 아내의 관계에서 갈등이 아닌 화해를, 단절이 아닌 소통을, 포기가 아닌 희망을 원한다는 뜻이다. 부부 사이를 가까워지게 만드는 첫 번째 동작은 손을 내미는 것이다. 그 손

안에 화해가 있고 사랑이 있다.

　오늘, 손을 잡으라. 모든 이유와 변명과 핑계를 내려놓고 손을 잡으라. 자존심을 버리고 사랑을 택하라.

콩깍지가 변해야 행복하다

04

진심이
이긴다

'지금'부터 행복은 시작된다

요즘 세상에선 집에 들어가는 과정도 제법 까다롭다. 아파트 현관에서, 또 대문 앞에서 비밀번호를 눌러야 한다. 아파트 생활을 하는 지금, 우리 부부에게는 방과 서재가 있고, 아이 셋은 저마다 자기 방을 쓴다. 나와 아내는 각자 자기 차를 가지고 있고, 나는 유통과 출판을 하는 사업체를 운영하고 있다. 번듯한 아파트와 차와 기업이 있다고 자랑하는 것은 아니다. 성공했다고 우쭐대는 것은 더더욱 아니다.

1986년 결혼했을 때 우리는 방 한 칸 마련할 돈조차 없었다. 나는 다니던 회사 사장님에게 집을 구하기 위해 400만 원을 빌려야 했다. 그야말로 내겐 땡전 한 푼 없었고, 성실함과 신앙만 보고 나를 택했다는 아내에게 말할 수 없이 미안했다. 한번은 전세 계약이 끝나 새로 이사할 집을 찾고 있는데, 누가 원당에 가면 집을 싸게 얻을 수 있다고 했다. 그때의 원당은 지금처럼 일산 옆 도시가 아니라 논과 밭이 있는 시골이라 시외버스를 타고 가야 했다. 한참 가다가 아내의 얼굴을 쳐다보니, 창밖을 보면서 아내는 하염없이 울고 있었다. 아내에게 너무 미안했고, 땅이 꺼지는 것처럼 착잡했다. 전신주에 붙어 있는 "세 놓음" 광고를 찾아 이곳저곳을 둘러보다가 결국 원당도 포기하고 양평동에 자리를 잡았다.

양평동 공간은 엄밀히 말하자면 집은 아니었다. 공간의 절반에선 서점을 하고, 남은 절반에다 방을 만들어 살았다. 빈한한 신혼이었다. 그때 아내는 둘째를 임신 중이었다. 어느 날 한밤중에 아내가 수제비가 먹고 싶다고 해서 냄비 하나를 챙겨 들고 무조건 밖으로 나갔다. 동네를 한참 뒤져 간신히 수제비를 사 가지고 왔다. 아내는 함박웃음을 지으며 수제비 한 냄비를 맛있게 먹었다. 가진 게 없었지만 아내의 작은 행복을 위해 애썼던 기억이다. 방문을 열면 바로 서점인데다 화장실도 집 바깥에 있었지만 우리는 행복했다.

사람들은 조건이 갖춰지면 행복해질 거라고 생각한다. 내 집이 있으면, 좋은 데 취직을 하면, 승진을 하면, 돈을 많이 벌면 행복해질 거라고 믿는다. 이처럼 어떤 조건이 이루어졌을 때 행복할 것 같지

진심이 이긴다

만, 그건 허상에 불과하다. 행복은 조건을 따라오지 않는다. 행복은 '지금'에 있다. '지금' 아껴 주고 사랑해 주는 것이 행복의 시작이다. 부유해도 행복할 수 있고, 가난해도 행복할 수 있다. 행복은 조건에 따라 좌우되지 않는다. 행복은 '지금' 만들어 가는 것이다.

아내는 어려운 시절들을 참으며 함께 견뎌 주었다. 아이들을 키우면서도 아내는 짬짬이 일했다. 서점, 보험회사, 공장, 화장품 회사 등을 다녔다. 그럼에도 가난을 두고 푸념 섞인 말을 한 적이 없다. "우리도 언젠가는 좋아지겠지" 하면서 아내는 늘 감사했다. 나는 가난한 나와 결혼해 준 것이 고마웠고, 가난으로 힘들게 해서 미안했다. 아내는 그런 내 마음을 잘 알아주었고, 나를 믿으며 묵묵히 기다려 주었다. 돌이켜보면 지독히도 궁핍했던 나날이었지만, 행복했던 시절로 기억된다. 그 기억의 한복판에 아내가 있다. 행복이란 조건이 아니라 '지금, 함께'에 있다는 진리는 내 경험을 통해서도 확인할 수 있다.

지금, 말하라

6년 전, 동역자 중에 한 분이 귀한 딸을 잃었다. 딸아이는 20대의 푸른 청춘이었고, 그녀의 아버지는 존경받는 크리스천 사업가였다. 어느 날 갑자기 찾아온 죽음 앞에 가족은 엄청난 충격과 슬픔에

빠졌고, 그들을 아는 이들 모두 당혹감을 감출 수 없었다. 불치의 병마가 덮친 지 불과 서너 달 사이에 벌어진 안타까운 일이었다. 떠나가는 아이나 남은 가족들이나 모두 믿음의 사람들이었지만, 난데없는 죽음을 받아들이기에는 시간이 너무 짧았다.

그 일을 지켜보면서 우리에게 보장된 유일한 시간은 정말 '현재'밖에 없음을 절감했다. 지금이 아닌 내일은 절대로 우리 것이 아니다. 내일을 보장받은 사람은 아무도 없다. 보장된 시간이라고 착각하거나 그저 보장되어 있다고 믿고 살아갈 뿐이다. 그러니 우리가 사랑할 확실한 시간은 오늘밖에 없는 것이다. 오늘이라는 현재의 시간, 지금 함께 있는 사람이 가장 소중하다. 아니, 지금 나에게 주어진 모든 것이 소중하다.

사랑하는 사람이 곁에 없다는 것만큼 슬픈 일은 없다. 그러니 사랑하는 사람에게 "있을 때 잘해!"라고 명령 할 것이 아니라 "있을 때 잘할게!"라는 고백을 하자. 곁에 있을 때 아래의 3가지 말을 마음껏 하자. 나중에 그 사람이 옆에 없을 때 후회하거나 안타까워하지 말고 다음 3가지 말을 열심히 건네자.

"미안해!"

"고마워!"

"사랑해!"

우리는 가까운 사람에게 이 말들을 생략하는 경우가 많다. 특히 가족들에게는 쑥스러워서 그냥 패스한다. "말로 굳이 표현해야 하나? 내 마음 알겠지" 하면서 마음속으로 말을 접어 넣는다. 하지만 이는 바람직하지 못하다. 특히 여성의 경우, 사랑한다는 말을 듣지 못하면 사랑받고 있지 않다고 생각한다.

오늘부터라도 '미안해', '고마워', '사랑해'라고 열심히, 느끼는 그대로 표현하자. 이 말은 오늘에만 할 수 있는 말이다. 내일이면 너무 늦을지도 모른다. 그간 많은 사람들이 사랑하는 사람을 떠나보낸 다음에 이 말을 하지 못해서 후회하는 것을 많이 보았다.

"지금까지 잘해주지 못해서 미안해."

"지금까지 나랑 살아 줘서 고마워."

"지금 내 옆에 있어 주니 사랑해."

'미안해', '고마워', '사랑해'라는 말은 겨우 3음절밖에 안 되는 아주 간단한 말이다. 그러나 우리는 그 말을 바깥으로 표현하는 데 매우 서툴다. 사실 안 되는 것이 아니라 못하는 것 아닐까? 들어 본 적도, 배워 본 적도, 해 본 적도 없기 때문에 못하는 것이다. 농아들이 말을 못하는 이유는 말할 수 없는 잘못된 구강 구조 때문이 아니다. 그들도 정상적인 발음 구조를 갖고는 있지만, 듣지 못하기 때문에 말할 수 없다. 즉, 들은 적이 없어서 말을 못하는 것이다. 우리도 그와 다르지 않다. 듣지 못하면 말할 수 없는 것이다.

'미안해', '고마워', '사랑해'라는 말은 그냥 하는 것으로 끝나지 않는다. 그 말을 들은 상대방 또한 들은 만큼 하게 되기 때문이다. 한 마디로 확대 재생산되는 말의 힘이 발휘되는 것이다. 부모로부터 '미안해', '고마워', '사랑해'라는 말을 듣고 자란 아이는 당연히 그 말을 잘하게 된다. 하지만 부부가 이런 말을 잘하지 않는다면 그 자녀 또한 잘할 수 없게 된다. 진심이 담긴 말의 생명력은 이렇게 힘차다.

언제 해도 아깝지 않은 말, 절대로 손해 보지 않는 말, 할수록 많이 듣게 되는 말이 바로 '미안해', '고마워', '사랑해'이다. 이런 말이 오갈 때 부부 사이에 사랑이 흐르고 행복이 넘친다. 지금 이 순간, 행복해지고 싶다면 말하라. 내일이면 늦다. 지금, 이 순간, 당장 말하라!

경청과 공감은 사랑으로 가는 디딤돌

사실 부부 사이에 스스럼없이 '미안해', '고마워', '사랑해'라는 말이 오간다는 것은 두 사람 사이에 대화가 가능한 상황을 전제한다. 우리는 주변에서 심심찮게 이런 이야기를 듣곤 한다.

"우리 집사람이랑은 대화가 안 돼."

"우리 부부는 같이 있으면 애들 이야기밖에 할 얘깃거리가 없다니까."

"아니, 남편이랑 대화도 해?"

진심이 이긴다

대화에는 엄청난 인내가 필요하다. 상대방에게는 중요한 일이 나에게는 아주 시시한 일일 수도 있다. 주파수와 눈높이를 맞추지 않으면 대화는 종종 싸움으로 끝나기 마련이다. 예를 들면, 아내가 인터넷으로 옷을 구입했다가 반품하는 과정에서 고객센터 직원과 언성을 높이는 일이 나에게는 대수롭지 않을 수 있다. 하지만 아내는 하루 종일 그 일에 매달려 흥분했다가 집에 돌아온 나에게 시시콜콜 이야기를 쏟아 낸다. 나에게는 별것 아닌 일처럼 보이지만 들어 주어야 한다. 들어 주는 데는 인내가 필요하다. 잘 풀리지 않은 회사 일 때문에 머릿속이 복잡하지만, 아내의 일을 내 일처럼 생각하고 들어 주어야 한다. 건성으로 "응"을 연발하며 대충 맞장구를 치다가는 눈치 빠른 아내에게 십중팔구 들키고 만다.

그럴 바에는 진심으로 아내의 수다에 귀 기울이는 편이 백 번 현명하다. 아내가 필요로 하는 것은 문제 해결이 아니라 '공감'이기 때문이다.

"고객센터 직원이 그렇게 이야기를 했다니, 당신, 짜증 많이 났겠네. 나라도 그랬을 거야."

아내가 바라는 건 자신을 편들어 주고 이해해 주는 것이다. 시간이 지나면 아내도 그 상황에서 자신에게 어떤 문제가 있었는지 자연스럽게 알게 된다. 다만, 아내가 폭풍 분노를 발산했다는 것은 곧 남편에게 '공감'을 호소한다는 표시다.

그런데도 여전히 수많은 남편들이 아내의 수다에 해결사나 교사 역할을 자처하고 나서서 일을 그르치고 만다. 하지만 공감의 기술과 방법 몇 가지를 터득하고 훈련하기만 하면 아내로부터 칭찬을 들을 수 있다. 물론 진심 이상의 명약은 없다. 요는 진심 어린 공감을 표하기 위해서는 먼저 인내가 필요하다는 것이다. 즉, 대화는 인내로부터 시작된다.

부부 사이에 말이 통한다는 것은 두 사람이 서로 이야기를 들어 주고 있다는 의미다. 그래서 대화는 경청과 동의어다. 경청이 진심으로 들어 준다는 의미가 아닌가. 그리고 들어 준다는 것은 인내가 있다는 말과 같다. 부부 사이에서 대화에 필요한 인내가 저절로 생기면 좋으련만 절대 그럴 리는 없다. 인내는 반드시 훈련을 요구한다. 주변을 잘 살펴보라. 사이좋은 부부의 대화를 들어보면, 거기에 어김없이 경청과 공감이 바탕에 깔려 있는 것이다. 따라서 "우리 부부는 대화가 잘 안돼"라고 단정했다면, 먼저 자신이 경청과 공감의 훈련이 되어 있는지 살펴봐야 한다. 듣는 데 성공하면 이미 대화가 시작된 셈이다.

부부가 사랑을 쌓아 가고 다져 가고 창조해 나가는 과정에서 일등공신은 '말'이다. 하지만 그 반대의 경우도 성립한다. 곧 사랑을 허물고 녹슬게 하고 파괴하는 것도 '말'이다. 당신의 말은 어느 쪽인가. 행복과 사랑으로 가는 디딤돌인가, 아니면 행복과 사랑을 파괴하는 폭력인가? 선택은 당신의 몫이다.

진심이 이긴다

05

문제는
'너'가 아니라 '나'

어쩌면 이렇게 안 맞을까

일산으로 이사 오기 전, 가깝게 지내던 지인 내외의 말에는 늘
후렴구가 붙어 있었다.

"우린 안 맞아도 어쩌면 이렇게 서로 안 맞을까?"

이런 말을 스스럼없이 하는 부부 관계는 짐작할 만하다. 헤어지
지 못해 겨우 산다. 남편은 자녀들이 독립하면 이혼하겠다는 장기 계
획을 세워 놓았고, 아내 역시 남편과의 문제를 제외하고는 별 어려움
없이 잘 지내는 것처럼 보인다. 남자끼리이다 보니 나는 주로 남편의
얘기를 듣는 편이다. 남편은 몇 가지 의심스러운 증거를 근거 삼아

아내를 신뢰하지 않는다. 집안일을 거의 하지 않는 아내가 모든 문제의 근원이라고 굳게 믿고 있다.

아내 쪽에서도 할 말은 많다. 특히 오랫동안 경제적으로 가정을 책임지지 않는 남편에 대해 불만이 많다. 천천히 꾸준하게 노력하면 좋겠는데, 남편은 결정적 한 방을 노리면서 수년 동안 가정 경제에 대해 무력한 상태로 지냈다. 아내는 남편과 사이가 안 좋지만 자녀들과는 친구처럼 잘 지낸다. 정신과 의사들은 이런 상태를 '친구 만들기'라고 부른다. 남편과 관계가 안 좋으면 자녀와 친구 관계가 강화된다는 것이다.

그들 가족은 겉으로 보면 아무 문제가 없어 보인다. 하지만 조금만 안으로 들어가면 지옥이 따로 없다. 여전히 일촉즉발의 긴장 상태에서 상대방을 향해 원망의 손가락질을 하면서, 우리 사이의 문제의 원인제공자는 "바로 당신!"이라고 말하기를 주저하지 않는다.

두 사람의 이야기를 듣다 보면, 당사자 입장에서는 답답하기도 하고 상대편을 이해하는 것이 불가능해 보이는 때가 한두 번이 아니다. 이제는 각자 서로를 포기해 버린 지 오래다. 한 지붕 아래 살고 있지만, 남남끼리의 삶이나 마찬가지이다. 부부 생활은 수년 째 없었고, 아이들은 부모의 갈등 속에서 자라다가 방황과 일탈을 거듭했다. 가정을 지키고 싶고 행복한 가족으로 살고 싶은 마음이 있지만, 이제는 갈등의 골이 너무 깊어져 해결 방법을 모르겠다고 넋두리한다.

문제는 '너'가 아니라 '나'

청소년들에게 "언제 가장 행복한가?"를 물었더니 흥미로운 답변이 나왔다. 3위는 "부모님한테 좋은 선물을 받았을 때", 2위는 "부모님이 '사랑해'라고 말씀해 주실 때"였다. 대망의 1위는 무엇일까? 바로 "엄마, 아빠가 닭살 돋을 정도로 잘 지낼 때"였다. 아이들의 눈에 가정은 거울처럼 반사된 듯 그대로 들어온다. 부부가 서로 다투는 모습, 폭력적인 언어로 상처 주는 모습, 거짓말하는 모습, 무시하는 모습, 때로는 손찌검하는 모습, 우는 모습 따위를 모두 보고 저장한다. 부부가 상대방에 대해 흥분한 상태에 있기 때문에 아이는 안중에도 없다. 그 과정에서 아이는 부모가 짐작 못할 큰 상처를 입고, 자기도 모르는 사이에 부모에 대한 적개심을 쌓아간다. 자녀는 부모가 행복할 때 더불어 행복해지고, 부모가 불행해질 때 똑같이 불행해진다. 부부 관계의 소중함과 영향력을 과소평가하는 사람들은 이 간단명료한 진리를 놓치기 일쑤다.

우리는 행복해지기 위해 결혼한다. 그러나 결혼 생활 중에 삐걱거리는 소음이 잦아지고 커지면 그 고통에서 해방되고 싶어서 이혼하려고 한다. 그들은 이미 결론을 내려놓았다.

"이혼하면 행복해질 것 같아."

요즘 세상에서는 이혼이라는 문제에 직면한 이들을 주변에서 심심찮게 만난다. 그들은 친하거나 믿는 사람들에게 문제를 털어놓지만 뾰족한 답을 듣지 못한다. 더러는 해답이 있는 경우도 있지만,

앞에서 말한 부부처럼 답이 안 나오는 예도 있다.

그 부부에게 나는 전문가에게 상담받을 것을 간곡하게 권했다. 하지만 소용 없었다. 가장 안타까운 것은 두 사람이 상대방을 향해 치켜든 손가락이었다. 상대방이 문제라고 생각하는 이상, 문제는 해결되지 않는다. 그것은 곧 "나는 이대로 있을 테니, 당신이 바뀌고 당신이 고쳐야 한다"는 뜻이니 말이다. 그런 식으로 서로 팽팽한 주장만 되풀이할 뿐 한 치의 양보도 없다. 이 헛된 확신이 흔들리지 않는한, 문제 또한 꿈쩍하지 않는다. 답을 찾고 싶다면 내가 변해야 한다. 나를 변화시키는 노력과 훈련만이 해결책이다. 변화된 내 모습이 가정을 행복하게 뒤흔들 수 있다. 그 첫걸음은 문제의 원인을 정직하게 '나'로 지목하는 것이다. 나의 부족함과 변화의 필요성을 인정하는 것이야말로 변화가 시작된다는 신호탄이다.

싱가포르에서 만난 부부

남편은 아내를 앞에 두고 편지를 읽어 갔다. 싱가포르에서 아버지학교가 열리던 실내에는 조용하다 못해 숙연한 분위기까지 감돌았다.

문제는 '너'가 아니라 '나'

여보, 우리는 지금까지 평행선을 달려왔습니다. 이렇게 평행선을 달리는 한, 우리는 하나로 만날 수 없다는 생각이 듭니다. 지금껏 수없이 노력했음에도 불구하고 하나가 될 수 없었던 우리. 이젠 더 이상 힘쓸 자신이 없습니다. 당신 역시 나 못지않게 수고했음을 잘 알고 있습니다. 더 이상 상처를 주고받을 일 없는 결정을 내리는 것이 서로를 위한 길이라고 생각합니다. 몹시 힘듭니다. 정말 모든 것에 지쳤습니다.

남편이 편지를 읽는 내내 그의 아내는 하염없이 흐느끼고 있었다. 그 모습을 보면서 정말 마음이 아팠다. 편지에 적힌 내용에 동의하면서도 그럴 수밖에 없는 남편의 선택을 안타까워하는 눈물이었을 것이다. 아내가 힘겹게 남편을 향해 입을 열었다.

"여보, 미안해요. 나도 너무 힘들고 지쳤어요. 그런데 생각해 보면 지금까지 우리가 기울였던 노력이 서로를 위한 노력이 아니라, 우리 각자의 입장을 합리화시키는 이기적인 애씀이 아니었는지 하고 생각했어요. 여보, 우리 다시 한 번 해 봐요. 지금까지 했던 것과는 다른 방향에서 노력해 봐요. 나 자신을 위한 노력이 아니라 서로를 위한 노력을 해 봐요. 미안해요. 내가 너무 이기적이었어요."

두 사람은 부둥켜안은 채 오랫동안 아이처럼 엉엉 울고 또 울었다. 이젠 나를 위한 이기적인 노력이 아니라 상대방을 위해 노력하겠다고 굳게 다짐하면서 결합을 위해 다시 한 번 용기를 낸 것이다. 그

곳에 있던 참석자들은 다들 한마음이 되어 한 번 용기를 낸 두 사람에게 아낌없는 박수를 보냈다.

아버지학교에 참석하기 전에, 두 사람은 관계를 개선하기 위해 서로 열심히 노력했다. 그러나 결국 아무리 노력해도 더 좋아질 수 없다는 결론을 내렸다. 부부는 그런 결론에 도달할 수밖에 없다는 사실을 서로가 안타까워하면서 눈물을 흘렸다.

"아무리 노력해도 우리는 안 되는구나."

그것은 두 사람에게 인정할 수밖에 없는 진실이었을 것이다. 남은 것이라고는 '이혼'밖에 없는 것처럼 보였다. 그렇지만 그 마지막 순간까지도 그들은 포기하지 않았다. 두 사람의 눈물이 그 증거다. 그들은 끝까지 서로에 대한 희망을 품고 있었다. 그 순간, 그들에게는 빛이 날아들었다.

"지금까지 우리가 기울였던 노력이 서로를 위한 노력이 아니라, 우리 각자의 입장을 합리화시키는 이기적인 애씀이 아니었는지 하고 생각했어요"라는 아내의 고백이 얼마나 멋진가?

사실 많은 부부들이 이혼을 피하기 위해 노력한다고 하지만, 자기 입장을 합리화시키기 위한 이기적인 노력에 그칠 때가 많다. 문제의 근원을 여전히 '상대방'에게 두고 있는 한, 해결은 지지부진할 뿐이다.

상대방이 변하기를 기도하는가? 기다리는가? 기대하는가? 당

문제는 '너'가 아니라 '나'

장 때려치우는 편이 낫다. 상대가 변하기를 바라는 것은 세상에서 가장 어리석은 일이다. 내가 변하는 것이 가장 빠르고, 현명하고, 확실한 방법이다. 그러면 굳이 기도하지 않아도 되고, 기다리지 않아도 되고, 기대할 필요가 없다. 나만 움직이면 된다. 내가 시작하면 된다. "문제는 나!"라고 인정하라. 거기서부터 시작하라. 변화는 나로부터 시작해야 한다. 상대방이 변하는 것보다 그 편이 훨씬 안전하고 빠르고 쉽다.

06

부부 간에
지켜야 할 의리

선을 넘지 말라

아침 회의가 끝나자마자 문자 알림 소리가 들렸다.

"퇴근하고 꼭 좀 보자."

친구의 다급한 목소리가 들리는 듯했다. "무슨 일인데?"라고 답
문을 보냈더니, 약속 시간과 장소를 적은 문자가 다시 왔다. 그는 교
회에서 만난 동갑내기 친구였다. 친구는 만나자마자 테이블 위에 놓
인 찬물을 벌컥 들이마셨다. 도대체 무슨 일일까?

"너, 알지? 우리 아들 이번에 대학 들어간 거."

"알지. 네가 자랑을 좀 했냐?"

"그래. 아들이 대학 들어갔다고 좋아했다가 마누라랑 한판 싸우고 지금 일주일째 냉전 중이다."

"그게 무슨 말이야?"

"너도 알지? 내가 아주 어렵게 공부한 거. 고입 검정고시, 대입 검정고시 보고, 회사 다니면서 6년 동안 방송통신대학에서 공부하며 나이 마흔 넘어서야 학사모를 썼잖아. 지지리도 가난한 집에서 태어나 제대로 된 학교 공부를 못해서 내가 공부에 한 맺힌 사람이라는 거, 너 알지?"

순식간에 친구의 눈시울이 붉어졌다. 족히 열 번은 넘게 들었던 사연이지만, 그 이야기를 할 때면 친구의 눈엔 언제나 눈물이 그렁그렁해진다. 이해한다는 듯, 나는 친구의 손을 꼭 잡아줬다.

"그런 내가 큰딸, 작은딸 다 대학 공부시키고 이제 막내까지 번듯한 대학에 들어가니까 정말 감개무량하더라. 애들도 대견하고, 그렇게 고생하면서 애들 뒷바라지한 나도 대단하다는 생각이 들더라고. 그런데 지난주에 막내 대학 입학 축하한다고 우리 식구들이 외식을 했거든. 거기서 사단이 난 거야. 어쩌다가 그런 말이 불쑥 나왔는지 몰라. 아차 싶었지만 이미 뱉은 말을 주워 담을 수도 없고. 나 원 참."

"왜? 무슨 말을 했는데?"

"우리 마누라가 대학을 안 나왔잖아. 내가 아주 기분이 좋은 나머지 농담이랍시고 마누라한테 이렇게 말을 한 거야. '그럼 이제 우리 집에서 당신만 대졸이 아니네?' 순간, 마누라 얼굴이 싸해지는 거 있지. 마누라 얼굴을 보니까 아찔했는데, 어쩌겠어. 이미 엎질러진 물인데. 그래서 집에 들어가자마자 마누라한테 바로 사과했지. 기분이 진짜 좋아서 나도 모르게 나온 이야기라고, 미안하다고. 그런데 마누라는 막무가내야. 펑펑 울면서 그러는 거야. '당신이 나한테 어떻게 그럴 수 있어? 당신 대학 공부는 내가 시킨 거나 다름없는데. 왜 애들 앞에서 망신을 주고 그래?' 그리고 저렇게 일주일째 입 딱 닫고 있다. 나 어떻게 해야 하냐? 너 이런 쪽으로 전문가잖아. 빨리 방법 좀 말해 봐."

"싹싹 빌어도 시원찮다. 네가 200퍼센트 잘못했구먼. 부부 사이에도 넘어서는 안 되는 선이 있어. 이번엔 네가 완전히 반칙한 거야. 가서 아내한테 무릎 꿇고 싹싹 빌며 진심으로 사과해. 아내 마음이 풀릴 때까지."

그렇다. 아무리 금슬 좋은 부부라도 두 사람 사이에는 분명히 '넘어서는 안 되는 선'이 있다. 그 경계선을 넘을 때, 사소한 말다툼은 전쟁으로 비화된다. 친구는 아내의 자존심을 예민하게 건드린 중죄를 지었다. 상대방의 약한 부분을 들먹이는 것은 졸렬한 짓이다. 누구에게나 감추고 싶은 부분, 아직 치유되지 못한 상처, 열등감 같은 것들이 있다. 주로 배우자의 집안 문제나 과거지사, 정서적인 문제들, 즉 자신은 아버지의 두 번째 부인의 소생이라거나, 친정 부모님

부부 간에 지켜야 할 의리

이 이혼했다거나, 능력이나 성격과 관련된 약한 부분들이 그런 경우에 속한다. 상대방이 그런 점들에 대해 언급하는 것 자체를 싫어하거나 과도하게 대응한다는 것을 알고 있다면, 어떤 상황에서도 그 부분을 건드려서는 안 된다. 그 경계를 넘지 않는 것은 부부가 서로 지켜야 할 의리이고 의무다.

부부는 서로의 어두운 부분을 누구보다 잘 안다. 아무에게도 끝까지 밝히고 싶지 않은 부분, 들키고 싶지 않은 부분, 아무도 몰랐으면 하는 부분들 말이다. 그런데 이는 서로가 서로에게 맨 처음 치유자가 될 수 있는 기회와도 같다. 부부는 그런 소중한 기회를 공유한 관계다. 그럼에도 오히려 부부가 먼저 선을 넘어 공격한다면 상처에 소금을 뿌리는 격이다. 가까운 사람이 내는 상처일수록 더 깊이 파이고 더 오래간다. 그러니 무촌이라는 배우자에 의한 상처가 얼마나 치명적인지는 두말할 필요도 없다.

내 친구처럼 우발적으로 선을 넘었을 때는 변명이나 핑계대지 말고, 확실하게 진심으로 사과하고 넘어가는 것이 현명하다.

"당신이 너무 예민하게 반응한다" 또는 "내 의도는 그게 아니라…" 따위의 말은 할 필요도 없다. 선을 넘은 쪽이 할 수 있는 최선이란 진심 어린 사과뿐이다. 여기서 키포인트는 '진심'이다. 상황을 모면하거나 종결하기 위해 서둘러 "미안하다, 잘못했다"고 하면, 오히려 신뢰를 잃기 십상이다. 그리고 진정성이 필요한 말들을 습관적으로 남발하는 것은 미래의 신뢰까지 앞당겨 깨트리는 일이다. 따라서 최대한 진지하게, 진심으로 사과해야 한다. 눈빛과 말 속에 어느 정도의 진정성이 담겨 있는가는 상대방도 금방 알아챈다.

도끼 같은 말

오래 전 한 사무실에 근무하던 손 부장의 전화 통화를 듣다 보면 늘 마음이 불편해졌다. 들으려고 해서 듣게 된 것이 아니라 들려서 들었을 뿐인데도. 유난히 목청이 큰 그의 목소리는 언제나 같은 공간에 있는 사람들 귀에 다 들렸다.

"됐다니까, 이 사람아. 전화 끊어."

막무가내의 짧은 대화. 수화기 너머의 사람은 누구였을까? 받는 쪽 입장에서 저런 소리를 들으면 얼마나 무안하고 속이 상할까? 걱정스러운 마음에 물었다.

"누군데?"

"와이프."

평소에도 아내를 무시하는 듯한 그의 발언을 자주 듣던 터였지만, 예상을 빗나가지 않은 대답에 마음이 더 답답해졌다. 남편으로부터 그런 말을 들은 그의 아내가 기분 좋을 리 만무하다. 그런데 이렇

부부 간에 지켜야 할 의리

게 아내에게 아무렇지도 않게 무시와 면박, 비난과 핀잔, 불평과 원망의 말들을 내뱉는 남편들을 자주 보게 된다. 명심보감에서 "입과 혀는 사람의 몸을 멸하는 도끼와 같다(口舌者滅身之斧也)"고 말한다. 이 말대로라면 손 부장의 아내는 남편으로부터 도끼의 상해를 입은 셈이다.

가정에서 남편과 아내는 서로를 향해 '말'이라는 무기를 겨누고 있다. 누구나 공격을 당하면 방어하기 마련이다. 남편과 아내도 얼마든지 서로를 향해 무기를 휘두를 수 있다. 그런데 무기를 휘두르는 순간, 가정은 전쟁터가 된다. 서로를 향해 휘두른 말의 도끼로 인해, 보이지는 않지만 집안에는 유혈이 낭자하다. 무기를 썼으니 자연히 부상이 따르기 마련이다. 아내도, 남편도, 자녀들도 모두 상해를 입는다. 더 큰 문제는 부상 상태가 보이지 않는 탓에 미처 낫기도 전에 다시 공격을 받을 수 있다는 것이다. 서로 무장해제를 하지 않는 이상, 집안의 전쟁 상황과 부상은 끝나지 않는다.

특히 안타까운 것은 한쪽은 전쟁이 끝나기를 기대하며 무기를 포기했는데, 다른 한쪽은 계속해서 무기를 휘두르는 상황이다. 또 저쪽에서는 방어할 준비도 되지 않았는데 일방적으로 공격만 일삼는 것도 매우 치사하다. 무방비 상태를 공격하는 것만큼 비열한 짓은 없다. 그럼에도 가정에서는 말과 관련해서 그런 일들이 아무렇지도 않게 벌어진다. 무기를 완전히 없애기 전에는 자꾸 사용하고 싶은 유혹을 느낄수 밖에 없다. 습관적으로 무기를 사용하는 사람은 쉽게 무기에 의존하게 되는 법이다.

남편이 먼저 무기를 버리고 평화를 위해 투항하는 것이 가정의 전쟁을 종식하는 가장 정확하고 빠른 해결책이다. 도끼 같은 말들을 버리고 대신 평화의 말을 연습하자. 처음에는 쉽지 않다. 손발이 오글거릴 수도 있다. 처음 듣는 말에 아내나 자녀들은 당황하고, 그 말을 하는 당사자는 계면쩍을 수도 있다. 그렇지만 평화로 가는 길에 그쯤의 어려움이야 감수해야 하지 않을까? 쑥스러움을 무릅쓰고 평화의 말들을 남발하자. 용기는 거친 말들로부터 가정을 지키는 데 가장 필요한 아군이다.

격려의 말, 칭찬의 말, 인정하는 말은 아내를 춤추게 하고 웃게 한다. 배려하는 말은 아내를 미소 짓게 만들고, 사랑을 고백하는 말은 아내를 다시 설레게 할 것이고, 공감하는 말은 아내를 날게 할 것이다. 말은 입에서 나오는 순간, 상처를 입히는 무기가 되거나 평화를 심는 도구가 된다. 가정을 전쟁터로 만들 것인가, 아니면 평화로운 정원으로 만들 것인가? 그것은 남편의 입술에 달려 있다. 가정의 평화도 전쟁도 모두 말에서 시작되고, 말로 끝난다는 사실을 잊지 말자.

　　　　　　　　　　　　　　　부부 간에 지켜야 할 의리

07

선글라스에 담긴
눈물 두 방울

카페에서 만난 선글라스를 낀 여자들

거래처 팀장과 같이 점심을 먹고 회사 근처의 카페에 들렀다. 눈부신 햇살이 세상을 반짝거리게 만드는 5월의 어느 오후였다. 우리는 볕이 좋은 카페 테라스에 앉아 커피를 마셨다. 날씨가 좋아서 그런지 테라스마다 사람들이 즐거운 수다를 떨고 있었다. 그때 옆의 카페로 선글라스를 낀 여자 들이 들어왔다. 화려한 스카프와 경쾌한 발걸음, 기분 좋은 웃음이 눈에 띄는 여자들이었다. 나는 혼자 속으로 생각했다.

'좋겠네. 이런 시간에 친구들끼리 만나서 수다 떨고 커피 마시면.'

여자들은 커피를 들고 테라스로 나왔다. 그리고 선글라스를 벗고는 예의 그 기분 좋은 웃음을 날리며 수다를 시작했다. 그런데 이럴 수가…. 알고 보니 그들은 아내의 단짝 친구들이었다. 옆집 테라스에 앉은 그들도 나를 보았기에, 우리는 가벼운 목례와 눈인사를 나눴다. 회사로 돌아오면서 기분이 울적했다. 그들은 20여 년 동안 가깝게 지내며 서로의 애경사를 챙기고 여행도 같이 다녀온 아내의 친구들이다. 만약 아내도 일을 하지 않았다면, 오늘 같은 날 그들과 함께 근사한 카페에서 여유로운 오후를 즐겼을 것이다. 하지만 지금 아내는 컴퓨터와 서류 더미 사이에서 코를 박고 일하고 있다. 남편으로서 자존심이 상했고, 아내에게는 미안한 마음이 들었다.

"당신 이제 일 그만두고 집에서 쉬어."

"다짜고짜 그게 무슨 말이야?"

나는 오후에 카페에서 만난 아내의 친구들 이야기를 했다.

"당신도 그 친구들처럼 지낼 수 있는데, 나같이 모자란 남편 만나서 일하느라 고생이 많네. 미안해. 이젠 내가 더 열심히 뛰어볼 테니까, 당신도 친구들처럼 즐기고 다니도록 해. 미안하다."

"여보, 난 그렇게 생각하지 않아. 일할 수 있어서 정말 좋아. 나돈 때문에 일하는 거 아니야. 내가 좋아서 하는 일이야. 내 나이에 일할 수 있는 사람 많지 않아. 그런데 나는 할 수 있는 일이 있고, 직장도 있어. 난 지금 일하는 게 행복해."

"진심이야? 친구들처럼 일 안 해도 괜찮아. 나 능력 있어. 알지?"

선글라스에 담긴 눈물 두 방울

"잘 알지. 당신 능력 있는 거. 당신이 부족해서 일하는 거 아니래도. 그냥 내가 좋아서 하는 일이야. 그러니까 나 일하는 거 가지고 마음 아파할 필요가 전혀 없어. 오히려 당신이 일할 수 있도록 해 준 게 고맙지. 그러니까 속상해 하지 마."

그렇게 말해 주는 아내가 고마웠다. 오후 내내 무거웠던 마음이 아내의 격려로 깃털처럼 가벼워졌다.

아내와는 직장 동료로 만났고, 결혼 후에도 아내는 줄곧 이런저런 일들을 했다. 우리는 둘 다 가난했다. 결혼하고 첫아이가 태어났을 즈음 왕십리에 살았는데, 나는 직장에 다니고, 아내는 작은 서점을 차려 살림에 보탰다. 서점 안쪽으로는 방 한 칸, 부엌 한 칸이 있었다. 화장실은 건물의 공동 화장실을 사용했다. 그것이 우리에게 주어진 공간의 전부였다. 일주일에 한 번, 우리는 방에서 가정 예배를 드렸다. 갓난아이를 옆에 두고 토닥거리며 찬송을 부르고 말씀을 읽었다.

현실은 고단했지만 사랑하는 아내와 함께한다는 사실이, 그리고 둘이 함께 가정 예배를 드릴 수 있다는 것이 그저 감사할 따름이었다. 가정 예배를 드리는 동안 종종 아이가 보채기도 했다. 그때마다 우리는 이런 이야기를 나누었다.

"방이 두 개 있는 집으로 가면 소원이 없겠다. 방 하나에서는 아기를 재우고, 우리는 다른 방에서 찬양하면 얼마나 좋을까? 그건 꿈일까?"

그런 일이 당시의 우리에게는 요원해 보였다. 하지만 아내와 나는 하나씩 소원들을 이루어갔다. 그 후에 방이 두 개 있는 집을 얻은 것이다. 그곳에서 정말 행복하게 살았고, 원없이 예배를 드렸다. 심지어 화장실도 집안에 따로 있었다. 우리에게는 천국이나 다름없었다. 아내와 나는 농담처럼 말했다.

"평생에 우리 이름 적힌 문패를 걸고 사는 때가 올까? 그건 불가능하겠지?"

그로부터 1년이 지나 우리는 집을 지었다. 그리고 문패를 걸었다. 하나씩 이루어지는 그 모든 일들이 그저 신기했다.

그동안 아내는 늘 곁에 있었다. 내 인생에서 더없이 고마운 존재다. 희로애락으로 가득한 인생길에서 아내가 동행해 주었기에 여기까지 올 수 있었다. 동행의 힘은 무한하다. 때로는 불가능하게 보이는 일도 동행이 있음으로 인해 가능해지기도 한다. 살면서 '함께'의 힘을 실감할 때가 한두 번이 아니다. 아내의 동행이 없었더라면 나는 더 많이 넘어지고 더 깊이 좌절했을 것이다.

아내의 깜짝 선물

전에 태국 여행을 다녀온 적이 있다. 오랫동안 교회 생활을 같이 한 몇몇 친구들과 함께 수년 동안 매월 얼마씩 모은 돈으로 해외 여행을 다녀온 것이다. 하지만 한참 일이 밀려 있을 때라 즐거운 마음보다는 조급함이 앞섰다. 일정을 조절하고 미리 많은 일들을 끝내 둬야 했기 때문에 방콕행 비행기를 타기 전까지는 너무 정신없이 보냈다. 4박 5일의 일정을 빼기 위해 한 달 전부터 야근을 했고, 출국 전까지 몇 가지 중요한 미팅을 끝내고 인천공항으로 부랴부랴 달려갔다. 그래서 결국 내 여행 가방도 아내가 도맡아 꾸렸다. 전날 아내는 이것저것 챙긴 것들을 일일이 내게 알려주었다.

"여보, 이건 비행기 안에 들고 가는 가방 안에 넣어 둘게."

아내의 손에는 처음 보는 하늘색 안경집이 들려 있었다.

"그게 뭐야? 난 그런 색 안경집 없는데."

아내는 나를 보고 씩 웃었다. 그리고 안경집을 열었다. 거기엔 아주 멋진 선글라스가 들어 있었다.

"자, 이건 선물!"

"선글라스? 나 선글라스 있잖아."

"아휴, 그건 너무 구식이잖아. 20년도 더 전에 산 것이고. 당신, 여행 가서 멋지게 즐기다 오라고 내가 선물하는 거야. 즐겁게 놀다 오세요, 서방님!"

"정말? 고마워, 여보. 정말 고마운데, 어쩌지? 난 도수 있는 선글라스를 써야 하는데. 이건 도수 없는 거지? 괜찮아. 이번에는 옛날 거 가지고 갔다가 다음 번에 갈 때 도수 넣어서 가지고 가면 되지, 뭐."

아내는 빙그레 웃었다.

"도수 넣은 거거든요? 당신 얼마 전에 새로 안경 했잖아. 그래서 내가 그 안경점에 가서 당신 이름 대고 도수를 알려달라고 했어. 그래서 그 도수대로 선글라스를 맞춘 거야. 그러니 도수 염려는 붙들어 매시고 멋진 사진이나 팡팡 박아 오세용~"

아내는 콧소리까지 내며 기분 좋은 멘트를 날렸다. 여행 떠나기 전에 남편의 구닥다리 선글라스를 바꿔주기 위해 부산하게 움직였을 아내가 고맙기만 했다. 아내에게 하늘색 안경집과 선글라스를 건네받으면서 나도 모르게 콧날이 시큰해졌다. 바쁜 나에게 선글라스를 새로 맞추자고 했으면 나는, "하나 있는데 뭘 새로 하느냐, 안경점에 갈 시간이 없다, 비싸다" 등등 이런저런 이유를 대면서 20년 전에 산 구식 선글라스를 가지고 갔을 게 뻔하다.

그런 나를 잘 아는 아내는 지혜롭게 깜짝 선물을 한 것이다. 정신없이 바쁜 내 시간을 1분도 빼앗지 않고, 내 눈에 정확하게 맞는 선글라스를 챙겨 주다니! 그야말로 진한 감동이 밀려왔다. 지혜로운 아내의 배려에 그동안의 피로감이 눈 녹듯 사라졌다. 여행 가서도 아내로부터 선물 받은 선글라스를 자랑했다. 다들 부러워했다. 그리고 한결같이 입을 모아 아내의 지혜로운 배려를 칭찬했다. 덕분에 나는 어깨가 으쓱해졌다.

부부에 관한 이야기를 할 때 '배려'는 남편이 아내에게 가져야 할 덕목으로 자주 거론된다. 무뚝뚝하고 무관심하고 디테일에 약한 남성들은 사실 배려가 무엇인지 모를 때가 많거나 아내에게 실수할 때가 많아서 그럴 것이다. 그래서 남편들에게 아내를 배려하라는 지침들이 쏟아진다. 아내를 위해 대신 재활용 쓰레기나 음식물 쓰레기를 버려 주는 것이 곧 배려라는 이야기도 듣는다. 아내를 배려해서 기념일을 챙기고 선물을 준비하라고 가르친다. 정기적으로 아내 대신 아이들을 챙기는 일을 해 보라고 권한다. "남편들이여, 아내를 사랑한다면 이렇게 배려하라"는 이런저런 이야기를 들을 때마다 나는 이런 혼잣말을 하곤 한다.

'왜 남편만 아내를 배려해야 하지? 아내는 남편을 배려하면 안 되나?'

아내의 배려가 주는 감동은 두고두고 나를 웃음 짓게 만들었다. 여행도 즐거운 추억으로 남았지만, 태국 여행을 생각하면 아내에게서 받은 선글라스가 먼저 떠오른다. 배려가 만든 감동은 이렇게 차원이 다르다. 아주 오래오래 행복한 기억과 감동으로 남는 것이다. 나도 언젠가는 그 곱절의 감동을 아내에게 선사하리라.

부부는 이렇게 감동을 주고받는다. 기억할 만한 배려가 주는 감동이라면 부부의 사랑에 더 깊은 향기를 얹어 줄 것이다. 부부가 이렇게 서로를 감동시키며 어려운 인생길을 함께 살아간다면 얼마나 아름답겠는가. 밖에서 난 상처를 안에서 서로 싸매 주고 위로해주면서 함께 걸어간다면 절대로 맞잡은 두 손을 놓을 수 없을 것이다. '함께'는 그만큼 강인한 힘을 갖고 있다.

2007년 10월 29일, 내 조카 박수석이 등반 시작 45일 만에 7,647미터 높이의 안나푸르나 팡을 정복했다. 세계에서는 1980년 오스트리아 원정대의 최초 등정에 이어 27년 만에 이룬 쾌거였다. 히말라야 안나푸르나 팡 동벽-남릉 릿지 루트는 1.4킬로미터의 벽 등반과 6킬로미터의 릿지를 통과해야 하는 까다로운 루트로 그때까지 세계의 수많은 원정대를 좌절시켰으나, 조카는 두 명의 셰르파와 함께 세계 최초로 새로운 루트를 개척하였다.

모든 히말라야 원정대들은 목숨을 건 사투를 벌이며 정상을 향한다. 조카가 속한 원정대 역시 예상치 못한 폭설에 10여 일을 눈에 갇히기도 하고, 3일 동안 고립되기도 했다. 이렇게 정상 정복을 시도하다가 원정 대원 중 일부는 추락하는 사고를 당했고, 심각한 동상에 걸려 정복을 포기하고 하산한 이들도 생겨났다. 결국 끝까지 남아 새로운 루트 개척과 함께 정상 정복의 꿈을 이룬 조카는 산사나이로서 최고의 기쁨을 누렸다. 그런데 조카의 말에 따르면, 그 기쁨이 있기까지는 동료들의 헌신과 수고가 밑거름이 되었단다. 또 원정대와 한 몸이 되어 정상으로 인도해 준 셰르파의 공도 빼 놓을 수 없다.

이렇게 고되고 힘든 길일수록 동반자의 힘은 지대하다. 셰르파의 도움이 있었기에 조카는 정상을 밟을 수 있었다. 이처럼 끝까지

선글라스에 담긴 눈물 두 방울

멀리 가기 위해서는 반드시 누군가의 도움이 필요하다. 말로 설명할수 없는 지대한 도움을 은혜라고 표현할 수도 있을 것이다. 실제로 조카는 정상 정복을 이야기할 때마다 셰르파의 도움을 빠트리지 않고 말한다. 절체절명의 순간들은 셰르파의 결정적 도움으로 성공적인 정상 정복의 밑거름이 되었다. 혼자서는 불가능한 일이다(산악인들은 '정복'이란 말을 사용하지 않고 '등정'이라 한다).

모든 인생길은 저마다 처음 걷는 길이다. 전인미답의 길을 부부는 인생의 동반자로서 함께 걸어간다. 어떤 굽이에 어떤 시련이 기다리고 있을지 모른다. 하지만 끝까지 함께한다는 약속 아래 아내라는 이름으로, 남편이라는 이름으로 곁에서 동행하는 이가 있다. 세상에서 가장 아름다운 부사는 '함께'다. '함께'라서 부부는 행복하다. 남편과 아내는 '함께'일 때 보기 좋다.

08

오늘은
어제가 만들어 낸 미래

무릎 꿇은 할아버지, 도도한 할머니

법원에서 공익요원으로 일하는 조카를 만나러 간 길이었다. 조금 일찍 도착해 조카가 오기를 기다리는데, 이상한 풍경이 눈에 들어왔다. 나뿐만이 아니라 그곳을 지나는 사람들 모두 무슨 일인가 싶어 그 풍경에 힐끔힐끔 눈길을 주었다. 법원 정문 앞에는 할아버지가 울면서 무릎을 꿇은 채 앉아 있었고, 할머니는 도도한 표정에 차가운 얼굴로 할아버지를 등지고 있었다. 할아버지는 할머니 옷자락과 다리를 붙잡았으나, 그때마다 번번이 할머니는 할아버지를 야멸차게 뿌리쳤다. 궁금했다. 그들 사이에는 도대체 무슨 일이 있었던 걸까?

때마침 조카가 나타났다. 우리는 근처 식당으로 자리를 옮겼고, 나는 호기심에 아까 그 장면 이야기를 꺼냈다.

"아까 정문 앞에서 희한한 거 봤다. 무슨 사연이래?"

"아, 그거요? 요즘 황혼 이혼 되게 많아졌잖아요. 그래서 그런 일이 아주 흔해졌어요. 저도 잠깐 봤는데, 할아버지가 젊은 시절 할머니한테 못된 일을 많이 하신 것 같더라고요. 대개 그런 자세로 있는 분들 보면 젊었을 때 아내 꽤나 울린 분이더라고요."

법원 앞 진풍경은 통계에서도 확인된다. 국가 통계청에서 발표한 자료에 의하면 20년 이상 결혼생활을 유지하다 갈라서는 소위 '황혼 이혼' 비율이 2016년 30.4퍼센트에서 2017년에는 33.1퍼센트로 계속 증가하는 추세다. 중장년 이혼비율이 4년 이내 이혼하는 신혼 이혼 비율을 넘어선 것이 2012년부터인데, 계속 늘어나는 황혼 이혼은 가정의 존립 바탕 자체를 흔들어 버리는 것이다.

그들에겐 '단란한 가정'을 꾸릴 여유가 없었다. 가부장적인 아버지가 어머니에게 명령하는 것을 보고 자랐기 때문에, 자신 역시 권위주의에 사로잡혀 있기 일쑤다. 또한 아내는 가부장적인 남편을 꾹꾹 참으며 남편과 자식 뒷바라지만 하면서 자신을 돌볼 겨를이 없었다. 하지만 이제 세상은 달라졌다. 가부장적인 남편은 가정에서 왕따이기 십상이다. 그런 남편을 두고 아내는 다짐한다.

'자식들 결혼만 다 시키고 나면 나는 내 갈 길을 갈거야.'

남편은 평생 아내를 반려자로 대접하지 않았고, 아내는 권위적인 남편 아래 숨죽이며 살아오다가 인생의 황혼을 앞두고 이혼을 결심하는 것이다.

몇 년 전 초등학교 동창들끼리 하는 온라인 채팅방에 재밌는 글이 올라왔다.

〈각 세대별 이혼 사유〉

20대 : 재미있게 안 해 주면.

30대 : 지금 집에 들어가니 밥 해놓으라고 하면.

40대 : 외출에서 돌아온 아내에게 어디 갔다 왔냐고 물어보면.

50대 : 아내 외출할 때 같이 가겠다고 따라나서면.

60대 : 살이 닿으면.

70대 : 살아 있으면.

당시 친구들의 농담 반 진담 반의 반응이 재밌었지만 읽으면서 씁쓸하기도 했다.

'이혼 당하지 않으려면 외워 놔야겠다.'

'나는 마누라랑 눈도 안 마주친다. 맞아 죽을까봐ㅋㅋ'

'딱 내 맘이네.'

'친구들아, 조심해서 잘 살자. 살이 닿지 않게.'

오늘은 어제가 만들어 낸 미래

요즘 여성들의 성향을 콕 집어낸 유머다. 여성은 나이 들어갈수록 가정과 남편의 울타리를 벗어나 점점 독립적인 생각을 갖게 된다. 하지만 남편은 그렇게 변화된 여성의 마음을 이해하지 못한다. 그렇게 점점 더 아내에게 가부장적인 모습만 보인다면 그들의 미래는 황혼 이혼 위험군에 속하게 될 것이다. 그러므로 세월이 흐를수록 남편은 점점 아내를 더 깊이 사랑하는 쪽으로 변화되어야 한다. 그렇지 않고 젊은 날의 패악을 그대로 가지고 산다면, 남편은 늘그막에 한없이 외로워질 것이다.

심리학자 사라 요그[Sara Yogev]는 황혼 이혼을 피하고 싶다면 "부부가 함께 오랜 시간 동안 대화하며 은퇴 목표를 설정하라"고 권한다. 특히 그녀는 '대화'에 방점을 찍었다. 자신들의 인생 스타일을 서로 의논해서 결정하고 지속적으로 대화한다면 황혼 이혼의 확률은 줄어들 것이라는 조언이다. 그녀의 일침은 모든 남편들이 새겨 들을 만하다.

"설거지를 하거나 옷을 개는 것 같은 사소한 문제로 부부 싸움을 할 수 있다. 그러나 문제는 그 일을 '누가' 하느냐가 아니라 상대방이 나를 배려하고 있느냐의 문제일 때가 많다."

역시 부부 문제를 푸는 결정적인 실마리는 배려인 것이다.

아내를 알코올 중독자로 만든 어느 남편의 이야기

얼마 전 강원도의 한 아버지학교에서 듣게 된 한 아버지의 간증에 많은 아버지들이 공감의 눈물을 흘렸다. 자기 멋대로 살아온 남편, 그런 남편 때문에 나락으로 떨어진 아내, 그리고 남편의 변화와 아내의 회복을 보여 준 감동적인 이야기였다. 부부 중 한 사람이 변화하면 다른 한 사람도 변화될 수밖에 없다. 변화의 속성은 연쇄반응이기 때문이다.

A의 아버지는 알코올중독자였다. 평생 동안 직장을 가져 본 적이 없던 그의 아버지는 지금도 알코올중독자를 위한 병원을 전전하고 있다. A는 어렸을 적부터 굳게 다짐한 것이 있었다. '나는 절대로 아버지처럼 살지 않겠다'는 것. 공부를 잘해야 아버지의 그늘에서 벗어날 수 있다고 생각한 그는 중학교에서 500여 명의 학생 중 전교 10위 권 안에 들 정도로 성적이 뛰어났다. 그러나 고등학생 때는 불량한 친구들과 어울리면서 술과 담배에 손대기 시작했고, 걸핏하면 패싸움을 하거나 친구들을 괴롭혔다. 알코올중독자인 아버지는 술만 마시면 어머니를 폭행했고, 머리가 다 큰 그는 그런 아버지에게 폭언을 일삼는 불량 청년이 되어 갔다. 집안은 늘 폭풍 전야였다.

제대 후 대학을 나와 회사에 들어갔지만 여전히 그는 술과 향락에 젖어 있었다. 술만 마시면 이성을 잃고 시비를 걸어 싸움을 벌이

오늘은 어제가 만들어 낸 미래

기 일쑤였다. 어느새 그는 자신이 그렇게 경멸했던 아버지의 모습을 그대로 닮아 가고 있었다. 결혼 후에도 그는 달라지지 않았다. 집에서는 시도 때도 없이 술, 폭언, 욕설, 싸움이 무차별로 이어졌다. 그의 아내는 남편의 주사와 폭언 그리고 의처증에 시달렸고, 시어머니로부터 구박도 심각한 수준에 이르렀다.

그러던 어느 날, 그는 아내가 알코올중독이라는 사실을 알게 되었다. 아내는 남편과 시어머니에게 시달리며 사랑받지 못하는 자신을 한탄하다 알코올중독에 이르게 된 것이었다. 그는 알코올중독인 아버지, 술만 마시면 인간 이하의 몹쓸 폭언과 폭행을 해온 자신을 한탄하며 이제는 아내까지 알코올중독이라는 사실에 경악했다.

"저는 그때까지만 해도 그렇게 생각했어요. 많은 돈은 아니지만 월급 꼬박꼬박 갖다 주고, 노름을 해서 돈을 탕진한 것도 아니고, 바람을 피운 것도 아니고, 아니 뭐가 부족해서 지가 술을 마셔? 그래서 술 취해 있는 아내를 수없이 구타했습니다."

결국 그의 아내는 대소변도 가릴 수 없을 정도로 심각한 수준의 알코올중독까지 가게 되었다. 그리고 자기 인생을 한탄하며 수차례 자살을 시도했고, 알코올중독을 치료하기 위해 병원을 수도 없이 들락거렸다.

"저희 집에선 웃음이 완전히 사라졌습니다. 내가 어렸을 때 그랬던 것처럼 아이들은 불안과 공포에 떨며 살았습니다. 저는 전보다 더 많이 술을 마셨지요. 아내 핑계를 대고 더 술을 마셨어요. 그러다 2003년, 갑자기 호흡곤란으로 쓰러져 병원에 실려 갔습니다. 의사는 공황장애라고 하더군요. 제 영혼이 죽어가는 것만 같았습니다. 신경안정제가 없으면 회사 일도 못할 지경이었거든요."

결국 그는 가까운 친구의 소개로 아내와 함께 '부부사랑 만들기' 세미나에 참석했고, 거기서 아내의 알코올중독 원인이 자신이라는 사실을 처음 깨닫게 되었다. 그리고 다시 아버지학교를 권유받고 회복의 길에 들어서게 되었다고 고백했다.

"나의 이기적이고 분노에 찬 성격이 아버지로부터 흘러내려 왔다는 것을 알게 되었고, 그 영향력으로 무수한 세월 동안 아내를 아프게 했다는 것을 깨달았습니다. 아무 말도 할 수가 없더군요. 흐르는 눈물을 주체할 수가 없었습니다. 사랑하는 아내와 딸들에게 저는 용서받을 수 없는 죄인이었습니다. 알량한 자존심을 버리고 나니까 그제야 아내의 얼굴이 보이기 시작했습니다. 울고 있는 아내가 보인 겁니다. 남들은 알코올중독자라고 손가락질할지라도 저에게는 소중한 아내이자 아이들의 엄마입니다."

A는 지나온 날들을 회고하는 동안 연신 눈물을 훔쳐냈다. 그의 눈물을 지켜보며 많은 아버지들이 눈물을 흘렸다. 그의 아내는 알코올에 갇힌 15년 세월을 청산하고 이제 정상적인 생활을 하고 있다. 아내의 알코올중독을 만들어 낸 남편이 달라지자 아내 역시 길고 긴

오늘은 어제가 만들어 낸 미래

어둠의 터널을 빠져나오기 시작한 것이다.

우리들의 오늘은 어제의 결과물이다. 성실하게 살았다면 오늘의 열매를 따 먹을 수 있지만, 방만하게 살았다면 오늘이 황폐할 뿐이다. 오늘은 모든 어제들이 쌓여 만들어진 것이므로, 어제는 곧 미래의 얼굴과도 같다. A는 오랜 시간 동안 방만하게 살았고, 그로 인해 아내가 알코올중독의 나락으로 떨어졌고, 딸들은 불안과 공포에 갇히고 말았다. 그가 남편으로서 제 자리를 찾기 전까지 그의 가정은 불행했다. 그러나 이제 그가 하나님 앞에서 스스로 회개하고 남편으로서, 아버지로서 바로 설 것을 고백하자 그의 가정은 부활하기 시작했다.

어제까지를 '실패'라고 생각하는 남편들이 분명히 있을 것이다. 아내와의 관계가 파손되어 어디서부터 어떻게 새로 시작해야 할지조차 모르는 남편들이 있다. 도장만 찍지 않았지 별거나 이혼에 준하는 부부 생활을 하는 남편도 있을 것이다. 하지만 내일도 실패할 수는 없다. 그건 끔찍한 일이다. 내일은 아직 오지 않았으므로 절대로 늦은 것이 아니다. 오늘은 지금도 우리 손에 있다. 오늘부터 새로 시작하면 된다. 오늘의 방만함으로 내일을 그르칠 수는 없지 않은가.

09

아내의
빈자리

좋았던 것은 딱 72시간

아내가 친구들과 함께 13일 동안 유럽 여행을 떠났다. 한 교회에서 오랫동안 믿음과 우정을 나눠온 부부 모임인 〈한울타리〉에서 아내들을 위해 특별 휴가를 보내 주기로 한 것이다. 몇 년을 벼르고 별러 아내들에게 여행을 선물한 남편들은 내심 뿌듯했고, 아내들은 친구들과의 여행으로 소녀들처럼 들떠 있었다. 남편들은 이구동성으로 외쳤다.

"야호! 2주 동안 해방이다!!"

아무리 금슬 좋은 부부라도 가끔은 혼자 쓰는 침대가 편할 때도 있는 법이다. 그 모든 잔소리로부터 2주 동안 자유다. 정작 떠나는 아내는 집을 너무 길게 비우는 것 같다며 걱정이 많았다.

"당신이랑 애들이랑 밥은 어떻게 하지? 출근이나 제대로 할지 모르겠네."

"걱정 마. 내가 애들 잘 챙길 테니까, 당신은 여기는 완전히 잊고, 유럽에 흠뻑 빠져 보라고."

"당신 혼자서 괜찮을까? 애들한테 손 가는 게 얼마나 많은 줄 알아?"

"염려는 이제 그만! 내가 잘 알아서 한다니까. 당신이나 조심해서 다녀와."

아내는 참 부지런한 사람이다. 집안은 늘 반들반들하게 윤이 난다. 먼지 한 톨 굴러다니지 않았다. 살림을 워낙 똑 부러지게 해서, 나나 아이들이 아내 기준에 맞추는 것은 거의 불가능하다. 그만큼 우리를 향한 아내의 잔소리는 구체적이고 집요하다.

"일찍 들어와라, 양말은 빨래 통에 집어넣어라, 볼일 보고 나서는 화장실 변기 뚜껑 내려놔라, 밥 먹고 나서 밥그릇과 국그릇은 개수통에 넣어라, 입은 옷은 잘 개켜두어라, 책을 봤으면 다시 제자리에 꽂아 놔라, 텔레비전 보면서 간식 먹지 마라…. "

이런 잔소리 대마왕 아내가 2주 동안이나 집을 비우는 것이다. 나와 아이들은 대놓고 환호성을 지르지는 못했지만 서로 눈빛을 교

환하면서 은밀하게 해방의 그날을 기다렸다.

"애들아, 오늘 저녁은 뭐 먹을래? 아빠가 기분 좋게 한턱 쏠게. 그동안 엄마 때문에 못 먹었던 것들 우리 마음껏 먹자. 자, 메뉴 정해 봐."

"와우, 완전 좋아!"

"아빠 진짜 짱!!"

아이들도 완전히 들떠 있었다. 평소에 아내가 건강에 안 좋다는 이유로, 비싸다는 이유로 못 먹게 했던 추천 메뉴들이 아이들 입에서 줄줄이 쏟아져 나왔다. 피자와 파스타, 패밀리 레스토랑의 대표 메뉴와 닭발 등등, 아이들과 나는 이 특별 휴가 때 신나게 먹고 놀아 보자는 생각이었다. 아침은 대충 빵으로 때우고, 저녁에는 주문을 해 먹거나 나가서 사 먹거나 하면서 보냈다. 아내가 여행을 떠난 지 사흘 동안 우리는 먹고 놀고 쉬는 자유를 마음껏 탐닉하며 희희낙락했다.

그러나 딱 사흘이었다. 고작 사흘 만에 우리는 아내의 부재, 엄마의 부재를 현실적으로 실감하기 시작했다. 티끌 하나 없이 깨끗했던 집안은 급격하게 돼지우리로 변해 갔다. 개수대에는 씻지 않은 그릇들이 수북하게 쌓여 갔고, 집안 여기저기에는 벗어 놓은 옷들과 수건과 가방들이 나뒹굴었다. 쓰레기통은 폭발 직전이었고, 화장실에서는 퀴퀴한 냄새가 났다.

무엇보다 문제는 뱃속이었다. 배가 더부룩하고 느끼하고 불편

아내의 빈자리

했다. 아내가 끓여준 담백한 된장찌개가 있는 밥상이 그리웠다. 그건 아이들도 마찬가지였다.

"얘들아, 저녁에 뭐 먹을래? 족발 시켜 줄까? 아니면 자장면?"

"난, 둘 다 싫어. 속이 너무 느글거려. 그냥 굶을래."

"엄마가 해 준 밥 먹고 싶다. 그냥 김치랑 먹을까 봐."

"엄마는 언제 오시지?"

아이들은 엄마한테 오는 전화를 받을 때마다 다 알면서도 언제 오는지 재차 물었다. 엄마가 얼른 오셨으면 좋겠다고 너도나도 투정을 부렸다. 우리는 일주일이 지나면서부터 말 그대로 아내를, 엄마를 '손꼽아' 기다렸다. 집안에서 한 사람의 부재가 처음에는 불편하게 느껴졌지만, 나중에는 불안함으로 다가왔다. 청소나 밥이 문제가 아니었다. 아이들이 있어도 집안이 텅 빈 것만 같았다. 그저 한 사람이 없을 뿐인데도 집안은 공허할 만큼 황량했다. 회사에 나가면 바쁜 업무에 치여 하루를 정신없이 보냈지만, 집에만 들어오면 사소한 집안일도 어떻게 해야 할지 난감했다. 아니, 아무것도 하기 싫었다. 귀찮아서가 아니다. 아내의 부재 자체가 낯설고 그 상황에 적응하기 싫었던 것이다. 아내 없는 집안에서 나도 이렇게 마음이 휑한데, 아이들은 오죽할까? 아내가 돌아올 즈음에는 오히려 기운이 났다. 마치 소풍날을 기다리는 아이처럼, 며칠만 참으면 된다고 생각하면서 말이다.

드디어 아내가 귀국하는 날. 공항에는 함께 여행을 떠났던 아내일행의 남편들이 모두 나와 있었다. 나를 포함해 일곱 남편들은 아내들의 귀국을 환영하는 플래카드를 만들어 공항에 집결했다.

"한울타리 여사님들 귀국 환영!"

누군가 아내들의 귀국을 진심으로 환영하는 깜짝 이벤트를 하자고 제안하자 아내의 부재가 힘들었던 남편들은 흔쾌히 동의했다. 남편들은 지난 2주간을 회상하며, "아내가 없으니까 못 살겠더라"는 총평을 쏟아 냈다. 그리고 우리는 역사적인 재회의 순간을 맞았다.

누군가의 존재감은 부재 시에 더욱 확연히 드러난다. 그래서 옛 어른들은 "든 자리는 몰라도 난 자리는 안다"고 했나 보다. 아내가 늘 그 자리에 그렇게 있는 것을 당연하게 생각했다. 일상이 무사태평하게 흘러갈 수 있었던 것은 아내의 쉴 새 없는 수고 덕분이었는데 그걸 미처 몰랐다. 아내 없이 2주일을 보내면서 일상은 온통 구멍투성이가 되어 갔다. 거의 마비 상태였다고 말하는 것이 더 정확하겠다. 아내가 얼마나 소중한 존재인지 집안 곳곳에서, 나와 아이들의 마음에서 속속 드러났다. 집에 돌아온 아내도 집이 그리웠나 보다. 여행은 여행대로 값지지만, 내 집의 편안함은 또 그것대로 특별하다. 안방에 들어온 나는 아내를 꼭 끌어안고 말해 주었다.

"고생 많았어."

"놀다 온 내가 무슨 고생? 애들한테 엄마 노릇까지 하느라 당신이 고생했지."

아내의 빈자리

"아니야, 당신이 진짜 고생 많았어. 고마워."

진심으로 아내가 고마웠다. "고생 많았다"는 의미는 여행에서의 고생을 말하는 것이 아니었다. 우리 가정이 순탄하게 흘러갈 수 있도록 아내가 열심히 뒷받침해 준 그동안의 고생이 고마웠던 것이다. 그런 내 마음을 아내는 알까? 나는 아내의 등을 쓰다듬어 주었다.

한 번의 상상, 아내가 없다면

아버지학교에는 '아내의 의미'를 되새기는 시간이 있다. 대부분의 남편들은 아내의 존재감을 별로 느끼지도 못하고, 고마워하지도 않는다. 그러나 이 시간만 되면 아내를 생각하며 눈물을 찍어 내는 이들이 수두룩하다. 그 시간에는 가슴을 뭉클하게 만드는 『아내의 빈자리』라는 글이 자주 등장한다. 사고로 아내를 잃은 남편이 어린 아들과 지내면서 아내와 엄마의 빈자리를 느끼며 쓴 글들을 책으로 엮어냈는데, 아래는 그중 일부다.

> 아내가 어이없이 우리 곁을 떠난 지 4년, 지금도 아내의 자리가 너무 크기만 합니다. 어느 날 출장으로 아이에게 아침도 챙겨 주지 못하고 집을 나섰습니다. 그날 저녁 아이와 인사를 나눈 뒤 양복 상의

를 아무렇게나 벗어 놓고 침대에 벌렁 누웠습니다. 그 순간 뭔가 느껴졌습니다. 빨간 양념 국과 손가락만한 라면이 이불에 퍼질러진 게 아니겠습니까? 컵라면이 이불 속에 있었던 겁니다. 이게 무슨 일인가는 뒷전으로 하고 자기 방에서 동화책을 읽던 아이를 붙잡아 장딴지며 엉덩이를 마구 때렸습니다.

"왜 아빠를 속상하게 해?" 하며 때리는 것을 멈추지 않고 있을 때 아들 녀석의 울음 섞인 몇 마디가 손을 멈추게 했습니다. 아빠가 가스레인지 불을 함부로 켜서는 안 된다고 했기에 보일러 온도를 높여서 데워진 물을 컵라면에 부어서, 하나는 자기가 먹고 하나는 아빠 드리려고 식을까 봐 이불 속에 넣어둔 것이라고.

가슴이 미어졌습니다. 아들 앞에서 눈물을 보이기 싫어 화장실에 가서 수돗물을 틀어 놓고 엉엉 울었습니다. 일 년 전에 그 일이 있고 난 후 저 나름대로 엄마의 빈자리를 채우려고 많이 노력했습니다. 아이는 일곱 살, 내년이면 학교 갈 나이죠. 얼마 전에 아이에게 또 매를 들었습니다. 일을 하고 있는데 회사로 유치원에서 전화가 왔습니다. 아이가 유치원에 나오지 않았다고. 너무나 다급해진 마음에 조퇴하고 집으로 왔습니다. 그리고 아이를 찾았죠. 동네를 이 잡듯이 뒤지면서 아이의 이름을 불렀습니다. 그런데 그 놈이 혼자 놀이터에서 놀고 있더군요. 집으로 데리고 와서 화가 나서 마구 때렸습니다. 하지만 한마디 변명도 하지 않고 잘못했다고만 빌더군

아내의 빈자리

요. 나중에 안 사실이지만 그날 부모님을 불러 놓고 재롱 잔치를 한 날이라고 했습니다.

그 일이 있고 며칠 후, 아이는 유치원에서 글자를 배웠다며 하루 종일 자기 방에서 꼼짝도 하지 않고 글을 써 대고 있었습니다. 그리고 1년이 지나고 아이는 학교에 진학했죠. 그런데 또 한 통의 전화가 걸려 왔습니다. 우리 동네 우체국 출장소였는데 우리 아이가 주소도 쓰지 않고 우표도 붙이지 않은 채 편지 300여 통을 넣는 바람에 연말에 우체국 업무가 지장을 받는다고 온 전화였습니다. 나는 아이가 또 일을 저질렀다는 생각에 불러서 또 매를 들었습니다. 아이는 그렇게 맞았는데도 한마디 변명도 하지 않은 채 잘못했다는 말만 하더군요. 그리고 우체국에 가서 편지를 받아온 후 아이를 불러 놓고 왜 이런 짓을 했냐고 하니, 아이는 울먹이며 엄마한테 쓴 편지라고 했습니다. 순간 울컥하며 눈시울이 뜨거워졌습니다. 아이에게 다시 물어보았습니다. 그럼 왜 한꺼번에 이렇게 많은 편지를 보냈느냐고. 그러자 아이는 그동안 우체통이 높아서 키가 닿지 않아 써 오기만 했는데, 오늘 가 보니 손이 닿아서 다시 돌아와 다 들고 갔다고 했습니다. 아이에게 무슨 말을 해야 할지 몰랐습니다. 그리고 아이에게 엄마는 하늘나라에 있으니, 다음부터는 적어서 태워 버리면 엄마가 볼 수 있다고 말했습니다. 밖으로 편지를 들고 나아간 뒤 라이터 불을 켰습니다. 그러다가 문득 무슨 내용인가 궁금해서 편지 하나를 들었습니다.

보고 싶은 엄마에게

엄마, 지난주에 우리 유치원에서 재롱 잔치를 했어. 근데 난 엄마가 없어서 가지
않았어. 아빠한테 말하면 엄마 생각날까 봐 하지 않았어. 아빠가 날 막 찾는 소리
에 그냥 혼자서 재미있게 노는 척했어. 그래서 아빠가 날 마구 때렸는데 얘기하면
아빠가 울까 봐 절대로 얘기 안했어. 난 매일 아빠가 엄마를 생각하면서 우는 걸
봤어. 근데 나는 이제 엄마 생각이 안 나. 아니 엄마 얼굴도 기억이 안나. 보고 싶은
사람 사진을 가슴에 품고 자면 그 사람이 꿈에 나타난다고 아빠가 그랬어. 그러니
깐 엄마 내 꿈에 한 번만 나타나. 그렇게 해 줄 수 있지? 약속해야 돼.

편지를 보고 또 한 번 고개를 숙였습니다. 아내의 빈자리를 제가 채
울 순 없는 걸까요? 시간이 이렇게 흘렀는데도. 우리 아이는 사랑받
기 위해 태어났는데 엄마 사랑을 못 받아 마음이 아픕니다. 정말이지
아내의 빈자리가 너무 크기만 합니다.

엄마를 잃은 어린 아들, 그런 아들을 바라보는 아버지의 애틋한
마음이 절절하다. 어느 날 갑자기 들이닥친 아내의 부재로 그들의 세
상은 결코 이전으로 돌아갈 수 없게 되었다. 어디 아내의 부재만 그
러할까? 남편의 부재 또한 그러하다. 요즘 교통사고를 당해 갑자기
가장이 사라지는 상황에서 앞으로 어떻게 먹고 살 거냐며 운전자보
험을 들어 두라는 광고를 자주 보게 된다. 아무리 현실이 그렇더라도

남편이 돈만 벌어다주는 사람이라는 인식을 대놓고 보여 주는 것 같아 볼 때마다 씁쓸하다.

물론 경제적 어려움도 클 것이다. 그러나 경제적인 문제를 넘어 아내나 남편, 어느 한쪽의 부재는 남아 있는 다른 한쪽에게 깊이를 알 수 없는 정서적인 어려움을 안겨 준다. 잠깐의 부재 상황도 그러한데, 영원한 부재는 더 말할 필요도 없을 것이다. 상상해 보라. 미운 정 고운 정 쌓인 상대방이 어느 날 내 곁에서 사라진다면? 부부가 상대방 때문에 속상하고 마음 어려운 일이 생길 때마다 그런 상상을 정말 진지하게 한 번씩 해 보자. 지금 내 남편이 내 옆에 없다면? 아내가 이 땅에 없다면? 상대방이 이 지상에 없다면, 자존심 세우고 고집부리고 성격 탓하며 하지 못했던 일들을 뼈저리게 후회하게 될 것이다. 누군가의 말대로, 오늘은 남아 있는 생의 첫날이다. 사랑하고 더 사랑하는 날들로 채우기에도 부족한 날들이다. 사랑만이 우리의 유일한 답이다.

10
소중한 유산이 될
부부의 공동 작품

부부가 나누는 대화에서는 아이들 이야기가 단연 으뜸이다. 우리 부부는 어느 한 사람이 아이들과 나눈 이야기도 함께 공유한다. 아이가 태중에 있을 때부터 아이를 위해 기도해 왔기에, 우리는 아이들과 관련된 어떤 문제든 믿음 안에서 해결하려고 한다. 그것은 우리 부부의 공통된 신념이기도 하다.

가끔 아이들 문제를 함께 고민하며 가장 좋은 대안을 찾기 위해 노력할 때면, 우리 형제를 홀로 키우신 어머니가 생각난다. 다행히 말썽 부린 자식은 없었지만, 어머니는 그 모든 세월을 혼자 감당하며 자식들을 모두 성실한 사회인으로 키워 내셨다. 어머니 곁에는 남편 대신 하나님이 있었다. 남편 없이 긴 세월을 건너오는 동안 어머니에게는 힘든 날들이 더 많았지만, 어머니가 하나님 안에 계셨기 때문에 나는 어머니의 인생을 복된 인생이라고 생각한다. 그리고 어머니에게서 받은 유산을 나도 아이들에게 꼭 물려주겠다고 다짐한다. 그 유산은 세상의 숫자로는 도저히 따질 수 없는 엄청난 값을 가졌다. 아니, 숫자로 환산되지 않는 어마어마하게 고귀한 것이다. 그것은 바로 삶에서 삶으로 전해지는 믿음의 유산이다.

아내와도 나누었던 이야기가 있다. 우리가 아이들에게 물려줄 것은 신앙의 유산밖에 없다고. 부모 세대로부터 우리 역시 물질의 유산은 받지 못했지만, 믿음을 유산으로 받아 가난한 삶을 부끄러워하기보다는 성실을 밑천으로 하나님 안에서 잘 살아왔다고 자부한다. 우리가 받은 가장 좋은 것을 가장 사랑하는 아이들에게 물려주는 일은 당연하다. 결코 게을리 할 수도, 소홀히 할 수도 없는 일이다.

아무것도 해 준 것 없어 미안해

나는 거의 정기적으로 철원에 계신 어머니를 찾아뵌다. 그날은 간다는 전화를 못하고 철원에 가게 되었다. 집에 갔더니 어머니가 안 계셨다. 조그만 시골 동네라 어머니 가시는 곳은 뻔하다. 짐작되는 곳이 있어 가 봤더니, 역시나 어머니를 비롯해 동네 어르신들이 삼삼

오오 모여 계셨다. 나를 보자마자 어머니는 황급히 나오셨다. 갑자기 찾아온 막내아들이 더없이 반가우셨던 모양이다.

그런데 집으로 돌아오는 길에 어머니가 내 손을 잡고 우시는 것이 아닌가? 어머니는 그렁그렁하게 고인 눈물을 연신 닦아 내셨다.

"어머니, 왜 그러세요? 무슨 일 있으셨어요?"

"아니다. 내가 너한테 해 준 게 없어서 그래. 정말 미안해, 박 장로, 너는 한참 사랑받고 자랄 나이에 객지에 나가서 고생 많이 했지. 그리고 결혼할 때도 한 푼도 도와주지 못했지. 정말 너한테 해 준 게 하나도 없지 않니. 정말 미안하다."

"아니, 갑자기 왜 그런 이야기를 하세요?"

"아까 그 집 말이다. 나 놀다 나온 집. 방금 들은 이야기야. 그 집이 재산이 좀 많잖아. 큰애부터 막내까지 재산을 다 나눠 준 모양이야. 자기 죽을 때까지 쓸 돈 조금 남겨 두고 유산을 미리 나눠 준 거지. 그런데 어느 날 막내가 술이 잔뜩 취해서 온 모양이야. 와서 아주 행패를 부리더란다. 자식이면 똑같은 자식이지, 왜 자기한테는 그렇게 조금밖에 주지 않았느냐고 패악을 떨더래. 하도 그렇게 얘기해서 있는 땅 조금 더 청산해서 막내한테 줬다는구나. 그런데도 자꾸 찾아와서 돈 더 내놓으라고 못 살게 군대. 그런데 너를 생각하니까 너무 미안한 생각이 드는 거야. 내가 너한테 아무것도 해 준 게 없잖아. 그게 늘 마음에 걸렸거든. 오늘 그 집 이야기를 들으니까 그 생각이 더

소중한 유산이 될 부부의 공동 작품

드는 거야. 정말 미안하다. 종태야.”

나는 어머니의 굽은 허리를 부축하며 손을 꼭 잡아 드렸다.

“어머니, 그런 말씀 마세요. 저는 어머니한테 세상에서 가장 큰 유산을 두 가지나 받았어요. 하나도 아니고 두 가지씩이나요. 하나는 가난이라는 유산이에요. 덕분에 일찍 철들었고, 근검절약하면서 성실하게 살게 되었죠. 그런데 두 번째는 그것보다 더 큰 유산이에요. 그것은 신앙의 유산 말이에요. 어머니가 저를 위해 날마다 기도하셨잖아요. 그 신앙을 물려주셨으니 그보다 더 큰 유산이 어디 있어요? 제가 지금 이렇게 잘 사는 것도 전부 어머니가 물려주신 가난과 신앙이라는 유산 덕분이에요. 난 어머니한테 정말 엄청난 유산을 받은 거예요. 그러니까 아무것도 해 준 게 없다, 뭐 그런 생각은 아예 하지도 마세요.”

이번에는 어머니가 내 손을 꼭 잡았다.

“박 장로가 그렇게 생각해 주면 내가 더 고맙지. 고마워.”

사실이었다. 나는 어머니에게 집이나 땅, 돈과는 비교도 할 수 없는 큰 유산을 물려받았다. 욕심내지 않고 성실함을 무기로 살아오면서 가난에서 벗어나 이렇게 누리고 사는 것은 어머니의 가난을 원망 없이 극복했기 때문이다. 그리고 그렇게 될 수 있었던 것은 어머니의 신앙을 물려받아 하나님 앞에서 감사하며 살아온 덕분이다. 그러므로 나는 값으로 따질 수 없는 유산을 물려받은 부자임에 분명하다.

부모로부터 엄청난 재산을 물려받은 사람 중에는 오히려 그 재산 때문에 인생을 망친 경우가 많다. 부모는 자식을 사랑하는 마음에 많은 재산을 남겨 줬지만, 오히려 그 재산이 자식들 사이에 갈등과 분란의 원인이 되고, 자식의 인생을 망치기도 한다. 유산을 둘러싼 법적인 공방, 유산 다툼으로 서로 원수가 되는 형제들, 유산을 탕진하다가 인생을 허비하는 사람들에 대한 뉴스를 우리는 자주 듣지 않는가.

진정한 유산

부모가 자식에게 물려줘야 할 것은 억만금의 재산이 아니다. 노력 없이 거저 받은 물질은 그 사람을 이롭게 하기보다는 해롭게 할 확률이 높다. 물질은 썩어 없어질 것이고, 언제 어떻게 사라질지 모르는 것이다. 부모가 자녀에게 눈에 보이는 유산이 아니라 눈에 보이지 않는 정신의 유산을 물려주는 것이 지혜롭다. 정신의 유산은 자녀의 삶을 지키는 근거가 되기 때문이다. 더욱이 정신은 절대로 사라지지 않고, 빼앗기지도 않는다. 정신은 자녀의 가슴에 언제나 살아 있다.

우리 부부는 아이들에게 유산으로 딱 한 가지만 물려주고 싶다. 아이들이 살아가는 동안 놓치지 않고 붙들어야 할 그것은 바로 하나

소중한 유산이 될 부부의 공동 작품

님을 경험하는 삶이다. 자녀들과 함께 가정 예배를 드리는 시간에 우리는 이 점을 자주 강조한다. 그리고 부부가 함께 이 유산을 확실하게 물려주기 위해 물심양면으로 공을 들인다. 말하자면 부부의 합작품인 셈이다.

"아빠랑 엄마는 너희들과 함께 있는 동안, 너희들을 잘 보살펴 줄 거야. 그리고 너희들이 영육 간에 잘 자라도록 양육해 줄 거야. 힘들 때는 도와줄 것이고, 좌절할 때는 일으켜 줄 거야. 무슨 일이 있어도 너희들을 사랑할 거야. 하지만 우리가 영원히 함께할 수 있는 건 아니야. 유한한 인간인 우리 앞에는 예고 없는 이별이 찾아올 거야. 그때는 아빠와 엄마가 너희를 지켜 줄 수 없을 거야. 그때도 너희를 지켜 주시는 분, 곧 하나님이 계시기 때문이지. 그분을 경험해 봐. 그분이 너희의 평생을 지켜주실 거야. 오늘의 이 예배를 잊지 말기를 바란다. 그리고 너희도 앞으로 꼭 가정 예배를 드리는 삶을 살면서 너희 자녀들과 함께 하나님을 경험하고, 하나님을 나누도록 해라."

이렇게 가정 예배를 드리고 나면, 나는 세상에서 가장 행복한 사람이 된다. 더 바랄 것이 없다. 하나님을 경험하게 해 주는 것은 부모로서 아이들에게 가장 소중한 것을 물려주는 것이다. 나 역시 어머니로부터 가장 좋은 것을 받았고, 그 유산을 통해 영혼의 부자로 살아왔다. 그러므로 내 아이들에게도 그것을 물려주는 것이 나의 의무이자 소망이다. 기부 전도사라고 하는 빌 게이츠도 자녀들에게 유산을 물려주지 않겠다고 공언했다. 대신 그는 베푸는 삶이 무엇인지 직접 보여 주었다. 세계 최고의 부자인 빌 게이츠 역시 사랑하는 자녀에게는 재산보다 소중한 것을 물려주어야 함을 잘 알고 있었던 것이다.

당장은 재산을 유산으로 받았으면 좋겠다는 생각이 들지도 모르겠다. 그러나 '조금 더 가졌으면' 하는 욕심에는 끝이 없다. 물질의 유혹은 끈질기게 계속된다. 하지만 물질은 얼마나 허약한 것인가. 성경은 물질의 허망함을 이렇게 말씀한다.

> 너희를 위하여 보물을 땅에 쌓아 두지 말라 거기는 좀과 동록이 해하며 도둑이 구멍을 뚫고 도둑질하느니라 오직 너희를 위하여 보물을 하늘에 쌓아 두라 거기는 좀이나 동록이 해하지 못하며 도둑이 구멍을 뚫지도 못하고 도둑질도 못하느니라 네 보물 있는 그곳에는 네 마음도 있느니라(마 6:19-21).

우리는 자녀에게 허망한 것을 물려줘서는 안 된다. 눈에 보이지는 않으나 영원한 것을 물려주라. 같이 있지 않아도 늘 같이 있다고 느낄 수 있는 것, 부유하지 않아도 진짜 부자처럼 사는 것, 진정으로 영원한 것, 믿음만이 그렇다. 믿음만이 최고의 유산이다.

소중한 유산이 될 부부의 공동 작품

11

행복한 계산법으로
사랑하라

49 대 51의 법칙

오래 전, 함께 일하던 이와 사업을 정리했다. 출판계에 30여 년을 있었고, 그중 상당 기간을 함께 한 인연이니 우리는 제법 긴 시간 동안 동고동락한 셈이다. 당연히 경우에 따라서는 서로 의견이 다를 때도 있었고, 그때마다 충분한 의견 조율과 나눔의 시간을 가졌다. 마침내 서로 분리, 독립을 선택하면서 우리는 중요한 결정들을 내려야 했다. 그 과정에도 우여곡절과 이견이 반복되었지만, 최종 결정을 내린 다음에는 그에 따랐다. 그래서 주변으로부터 성공적인 분리, 독립이라는 평가를 듣기도 했다.

어려운 결정이었지만, 함께한 세월은 결코 짧지 않은 시간이었으므로 내 속에서 오직 나만이 느낄 수 있는 의미들이 가득차올랐다. 감사하고 기쁜 일들도 많았고, 아쉽고 섭섭한 부분들도 있었다.

그즈음, 정근모 박사가 아버지로부터 배웠다는 교훈이 내 마음을 붙잡았다.

"나에게 절반은 49퍼센트라는 생각으로 살아라. 상대방의 절반은 51퍼센트다. 그것이 반반이다."

49퍼센트와 51퍼센트는 정확한 절반으로부터 꼭 1퍼센트씩 모자라거나 넘친다. 무수한 사람들이 그 1퍼센트 때문에 속을 끓인다. 절반이 50퍼센트라고 생각하면 내가 취해야 할 이득이 적다고 느껴진다. 하지만 그것은 욕심일 수 있다. 욕심은 독버섯처럼 자라나 내 마음 전부를 삼키고 나를 욕심의 노예로 만든다.

그렇지만 내가 차지할 절반이 50퍼센트가 아닌 49퍼센트라고 생각하면 그때부터 상황은 달라진다. 우선 1퍼센트의 손해라는 개념이 없어진다. 나의 49퍼센트와 상대방의 51퍼센트가 정확히 절반으로 나누어진 몫이다. 그것은 행복한 착각이다. 그렇지 않으면 나는 1퍼센트 손해에 전전긍긍하며 그것에 질질 끌려 다닐 수밖에 없다. 참으로 행복한 계산법이다.

이 행복한 계산법은 비단 사업에만 적용되는 건 아니다. '49:51'이라는 절반의 법칙을 가정에 적용해 보면 어떨까? 남편과

행복한 계산법으로 사랑하라

아내가 절반의 수고와 책임을 져야 할 일에 대해 이 행복한 계산법으로 적용해 보는 것이다. 예를 들어, 가정에서 일어나는 모든 기쁜 일과 즐거운 일에서 아내가 세운 공로는 언제나 51퍼센트고, 내 공로는 49퍼센트다. 가정에서 벌어지는 좋지 않은 일들에서 허물의 51퍼센트는 내 몫이고 아내는 49퍼센트의 허물이 있다.

입원하신 어머니가 쾌차했을 때 아내의 수고 51퍼센트 덕분에 감사했다고 말했다. 셋째가 단기 선교에서 은혜를 충만히 받고 돌아왔을 때도 아내의 기도 51퍼센트가 있어서 가능한 일이었다고 칭찬해주었다. 이번 달 가정 경제가 좀 더 여유 있게 느껴진 것은 아내가 51퍼센트 더 살림을 잘해준 결과라고 격려해 주었다. 냉장고를 더 싸게 구입하려다가 오히려 더 비싸게 사게 되었을 때에는 서두른 내 실책이 51퍼센트라고 말해주었다. 중국 여행을 갔다가 공항에서 사소한 일로 부부싸움을 하게 된 건 51퍼센트의 나의 속 좁음 때문이었다고 용서를 구했다.

상대방을 더 존중하고 더 가치 있는 존재라고 부각시켜 주는 49:51의 법칙. 이렇게 서로를 더 돋보이게 해 줄 때 가정은 행복해진다. 내가 한 발 뒤로 물러서면 상대방도 나의 기척을 느낀다. 바보가 아닌 이상, 상대편의 양보와 배려를 느낄 수밖에 없다. 1퍼센트가 우스운 것처럼 보여도 그것은 행복과 불행을 나누는 중요한 기점이다. 이렇게 1퍼센트의 손해를 서로 감수하겠다고 노력하는 것, 그것이 바로 천국 가정을 이루는 비법이 아닐까. 사람은 욕심의 존재라 행복한 계산법을 적용하기란 결코 쉽지 않다. 그러나 행복은 우리에게 그렇게 순순히 허락되지 않는다.

49퍼센트를 나의 절반이라고 생각하면서부터 이 행복한 계산법을 자녀들에게도 종종 권한다. 언뜻 손해를 보는 바보 같은 선택처럼 보일지라도, 결국 이것은 나에게 유익한 결과로 돌아온다고 믿는다. 숫자로 환산되지 않기 때문에 한눈에, 당장 그 결과가 보이지는 않는다. 하지만 거기 깃들어 있는 숨은 배려와 의지적인 손해가 나를 끝없는 욕심과 이기심으로부터 지켜 준다. 그때에야 비로소 행복한 마음은 나의 소유가 된다. 눈에 보이는 것을 손해 볼 때, 눈에 보이지 않는 이익은 내 것이 된다. 행복한 계산은 결코 나에게 손해를 입히지 않는다.

가정, 사랑이 마르지 않는 샘

서울 시민들이 꼽은 '서울의 진짜 매력' 1위는 무엇일까? 놀랍게도 그 영광의 주인공은 한강이다. 서울 동쪽에서 서쪽까지 약 41.5킬로미터의 길이를 자랑하는 한강에는 8개의 섬, 31개의 다리, 11개의 공원이 있다. 가히 한국을 대표하는 강이라 할 만하다. 이렇게 멋

행복한 계산법으로 사랑하라

진 강을 품고 있는 서울은 축복받은 도시임에 틀림없다.

이 어마어마한 물줄기 한강은 어디서 시작되었을까? 서울을 관통하는 한강의 발원지는 태백산맥의 한 암반이다. 강원도 태백시, 이끼투성이의 암반에서 올라온 물, 검룡소가 한강의 시작인 것이다. 검룡소에서는 둘레 20미터의 암반에서 섭씨 9도의 물이 하루에 2,000~3,000톤씩 솟아오른다. 엄청난 양이다. 이 물은 크고 작은 36개의 도시를 지나는 동안 12개의 하천과 만나 서울에 이른다. 장장 500킬로미터 이상을 흘러 서울에 도달한 이 물은 서울의 심장을 가로질러 서해로 빠져나간다. 검룡소 입구의 표지석에서는 이 장엄한 원천을 이렇게 소개하고 있다.

"태백의 광명 정기 예 솟아 민족의 젖줄 한강을 발원하다."

일 년 내내 9도의 일정한 온도의 물 2,000~3,000톤을 뿜어내는 둘레 20미터의 소^沼. 신기하지 않은가? 그 물줄기가 500킬로미터를 흐르고 흘러 천만 서울 시민의 식수원이 된다. 작은 샘 하나에서 용솟음친 이 물줄기야말로 영원한 샘물이다. 이 영원한 샘물 덕분에 서울 시민은 물 걱정 없이 살아간다. 물은 생명과 직결되어 있다. 몸에 물이 공급되지 않으면 사람은 결국 죽고 만다.

우리 영혼에도 물이 절대적으로 필요하다. 영혼은 영원한 생명수 되시는 예수님이 계시기에 살 수 있다. 그분을 모르면 우리는 살아 있으되 죽은 것과 다름없다. 생명수가 영혼에 공급되지 않으면 서서히 말라 가다가 결국 죽을 수밖에 없다.

가정에도 샘이 하나씩 있다. 그 샘에서 매일 수천 톤의 사랑이 흘러나와야 가정이 생존할 수 있다. 가족들은 그 샘에서 하루를 살아갈 힘을 얻고, 일 년을 버틸 에너지를 얻고, 평생을 함께할 소중한 사랑을 찾아간다. 그 샘의 물은 맑아야 마실 수 있다. 흙탕물이나 오염된 물을 마셨다가는 금방 탈이 나고, 건강을 잃게 된다. 사랑의 샘물이 오염되어 샘물로서의 기능을 잃어버린다면, 가족들의 생존도 위태로워진다. 샘물이 바닥나도 결과는 마찬가지다. 사랑이 말라 버린 가정, 사랑이 흐르지 않는 가정에서 가족 구성원의 생명은 점점 위급한 상황으로 치닫는다.

가정의 샘을 지키는 이는 아버지다. 즉, 샘이 오염되지 않고 맑은 물이 끝없이 흐르도록 샘을 관리해 가족들에게 사랑의 물을 공급하는 역할은 아버지의 몫이다. 그 물을 먹고 마신 식구들은 사회에 나가 건강하게 제몫을 해낸다. 이렇게 사랑의 샘에서 맑은 물이 넘쳐날 때 가정도 살고 사회도 사는 법이다.

오래 전 어느 시골 마을에서 폐쇄된 우물을 본 적이 있다. 우물 입구는 굳게 닫혀 있었다. 옛날 시골에는 우물이 흔했지만 요즘에는 보기 힘들어서, 닫힌 우물이라도 반가운 마음에 애써 뚜껑을 열었다. 하지만 우물엔 물이 하나도 없었고, 거미줄이 가득했고 군데군데 잡초가 돋아나 있었다. 물이 없이 마른 우물은 무용지물이다. 오히려

행복한 계산법으로 사랑하라

위험하다. 제 기능을 잃어버린 우물 앞에서 추억마저 훼손되는 것만 같았다.

요즘 우리 주변에서는 이렇게 볼썽사나운 우물 같은 가정을 어렵지 않게 만날 수 있다. 관심과 사랑은 찾아볼 수도 없는 곳, 비난과 원망의 말이 난무하는 곳, 때로는 폭력이 일어나는 곳으로 변질된 가정은 이미 건강한 사회의 원천으로서의 기능을 상실한 것이다. 게다가 가정만 망가지는 것으로 끝나지 않는다. 가정이 무너진 사회의 미래는 결코 밝지 않다.

가정이라는 샘에서 자녀들은 사랑의 물을 마셔야 한다. 부모에겐 사랑의 물을 끊임없이 공급해야 할 책임과 의무가 있다. 부모가 행복하고 사랑하는 모습을 보여 주면 아이들이 그것을 보고 자란다. 아이의 문제를 해결하고 싶은가? 먼저 부부가 사랑하며 살아가는 모습을 보여 주면 문제의 실마리를 찾을 수 있다. 부부는 잘못한 부분에 대해서는 자신이 더 잘못했다는 것을 51퍼센트 인정하고, 잘한 부분에 대해서는 상대방을 배려하는 49퍼센트를 인정함으로써, 가정이 영원한 사랑의 샘물이 되도록 지켜야 한다. 먼저 손해 보는 미덕을 발휘할 때 사랑과 행복은 좀 더 일찍 다가온다.

| 행복에 대한 명언 |

· 행복해져야 하는 의무만큼 과소평가되고 있는 의무가 없다.

_ 로버트 루이스 스티븐슨

· 인간은 행복을 추구하니까 비로소 의미가 있는 존재다. 그리고 이 행복은
인간 자신 속에 있다.

_ 톨스토이

· 행복은 스웨덴의 저녁노을이다. 틀림없이 누구에게나 보이지만 대개의
사람들은 다른 쪽에 눈을 돌려서 그것을 놓치고 만다.

_ 마트 트웨인

· 행동은 반드시 행복을 초래하지 않을지도 모른다. 그러나 행동이 없는 곳
에 행복은 생기지 않는다.

_ 벤저민 디즈레일리

· 이 세상에서 당신의 주된 목표는 행복이다. 행복은 건강이나 명성에 좌우
되지 않는다. 물론 건강은 행복에 크게 관계된다. 그리고 행복을 좌우하는
것이 또 있다. 그것은 사물을 생각하는 방법이다. 자기가 바라는 것이 손
에 들어 고난은 대개 미래의 행복을 뜻하며, 그것을 준비해 주는 것이다.
그런 경험을 통하여, 나는 고난에 직면했을 때 희망을 품었다. 그리고 너
무 엄청난 행복에 대해서는 오히려 의혹을 품게 되었다.

_ 카를 힐티

· "북풍은 바이킹을 만들었다."

북유럽의 이 속담은 우리들의 생활 태도에 대한 일종의 경종으로도 받아들여진다. 애로 사항이 전혀 없는 안전하고 쾌적한 생활, 유쾌하고 평온한 생활만 하면 인간은 자연히 행복해지고 선량해질까? 살기 어려운 환경 속에서 살다보면 어떤 일에도 굽히지 않는 의기가 자라게 되며, 행복이 반드시 찾아온다. 그래서 언제나 북풍이 바이킹을 키워 왔다고 말할 수가 있다.

_ 해리 에머슨 호스딕

· 위대한 마음은 그 바탕이 튼튼하다. 보잘것없는 마음은 남을 원망밖에 하지 않는다. 그리고 불행에 곧잘 동화되어 침체되곤 한다. 위대한 마음은 불행을 누르고 위로 솟아난다.

_ 워싱턴 어빙

· 아무리 지혜가 있어도 그것을 사용할 용기가 없으면 아무 소용이 없듯이, 아무리 믿음이 돈독해도 희망이 없으면 아무런 가치도 없다. 희망은 언제까지나 사람들과 함께 있으면서 악과 불행을 극복하기 때문이다.

_ 마르틴 루터

· 나는 어떤 문제를 생각하고 싶을 때, 마음의 서랍 하나를 연다. 문제가 해결되면 그 서랍을 닫고, 또 다음에는 다른 것을 연다. 잠자고 싶을 때에는 모든 서랍을 닫는다.

_ 나폴레옹

· 인생에 있어서 일어나는 사건의 약 90퍼센트는 올바르며 10퍼센트는 잘

못이다. 행복하게 되고 싶으면 올바른 90퍼센트의 일만 생각하고 잘못된 10퍼센트는 무시하면 된다. 그러나 괴로움과 고민 끝에 위궤양이 되고 싶으면 잘못된 10퍼센트 일만 생각하고 올바른 90퍼센트는 무시하면 된다.

_ 데일 카네기

• 극심한 슬픔에는 용기를 가지고 대처하고 작은 슬픔에는 인내를 가지고 대처하라. 하루의 일을 끝냈으면 편안하게 잠들라. 그 후는 하나님이 지켜 주실 것이다.

_ 빅토르 위고

• 나는 비록 전 재산을 잃어도 고민하지 않는다. 걱정을 한다고 해도 어쩔 도리가 없기 때문이다. 자신이 최선을 다한 후의 일은 하나님에게 맡길 수밖에 없다.

_ J. C. 페니

• 인간은 스스로 노력하여 얻은 결과만큼 행복해진다. 다만 그러기 위해서는 무엇이 행복한 생활에 필요한가를 알아야 한다. 검소한 기호, 어느 정도의 용기, 어느 정도까지의 자기 부정, 일에 대한 애정, 그리고 무엇보다도 맑은 양심이 필요한 것이다. 나는 지금 행복은 막연한 꿈이 아니라고 확신하고 있다. 경험과 사고를 올바르게 활용함으로써 인간은 자기 자신으로부터 많은 것을 끌어낼 수가 있다. 결단과 인내에 의해서 인간은 자신의 건강을 되찾을 수도 있게 된다. 그러므로 인생을 있는 그대로 살자. 그리고 항상 감사함을 잊지 않도록 하자.

_ 조르쥬 상드

행복에 대한 명언

• 인생은 그야말로 주어야만 받을 수 있다. 남에게 준 것은 자신의 손으로 되돌아온다.

_ 데일 카네기

• 자신이 지금 하고 있는 일, 이미 한 일을 마음으로부터 즐기는 자는 행복하다.

_ 괴테

• 행복해지는 비결은 될 수 있는 대로 다방면에 관심을 갖는 것이다. 그리고 자기가 관심을 갖는 인물이나 사물에 대해서는 될 수 있는 대로 화가 난 기분으로 대하지 말고 가능한 한 친절하게 대해야 한다.

_ 버트런드 러셀

• 행복의 비결은 자신이 하고 싶은 일을 하는 것이 아니라, 자신이 해야 할 일을 좋아하게 되는 일이다.

_ 제임스 발리

PART_02

아버지의
이름으로
사랑하라

01

아빠,
나 학교 그만 다닐래

구호 셋과 3박자 코스

새롬, 다혜, 현석. 나의 아이들이다.

자식 이야기를 하라고 하면 부모에겐 7박 8일도 모자랄 것이다. 모든 어르신들이 자기 인생을 한 편의 소설이라고 생각하듯이, 자녀가 있는 사람은 누구나 가슴 속에 장편소설 하나쯤은 담고 있다. 그러니 나는 자녀 편 장편소설 3권을 소장한 셈이다.

우리집 아침에는 좀 특별한 풍경이 하나 있다. 아이들이 학교 가기 전, 현관에 서서 다 같이 둘러서서 목소리를 높인다. 한 손을 번쩍 들고! 가족 일동의 복창.

"공부해서 남 주자!"

"돈 벌어서 남 주자!"

"남을 이롭게 하는 사람이 되자!"

아이들이 어렸을 때는 의미도 모르고 아빠가 시키니까 그냥 따라하는 것 같았다. '이롭게'라는 말이 무슨 뜻인지도 알지 못한 채 열심히 복창했다. 설명을 해줬지만 감은 잡지 못했던 것 같다. 하지만 고맙게도 열심히, 큰소리로 따라했다.

공부를 열심히 하는 것이 나 혼자 잘 살고 내가 성공하려고 그러는 것이 아니라는 생각을 아이들에게 꼭 심어주고 싶었다. 아빠가 돈을 벌기 위해 애쓰지만, 그것이 나 자신이나 우리 가족만을 위해서가 아니라, 다른 사람을 위한 길도 됨을 알려 주고 싶었다. 그래서 온 가족이 열심히 사는 이유가 다른 사람을 이롭게 하기 위해서라는 의미를 아이들이 배우기를 바랐다. 자라면서 세 아이는 그 진정한 의미를 깨달아가는 것 같았다.

이 구호를 복창한 다음에 나는 머리에 손을 얹고 아이마다 축복기도를 해 주었다. 그리고 숨 막히도록 뜨거운 포옹. 이어서 신나는 하이파이브!

이것이 우리 집 현관에서 아침마다 벌어지는 풍경이다. 이 의식이 우리 가족에겐 매우 중요하다. 우리가 열심히 사는 이유와 목적을

아빠, 나 학교 그만 다닐래

분명히 하는 선언이자 동시에 우리 집 가훈을 선포하는 역할을 하기 때문이다. 축복 기도와 포옹과 하이파이브의 3박자 코스는 아이들과 나를 사랑으로 더욱 단단하게 묶어 주었고, 그 기분 좋은 연대감은 하루를 넉넉히 살게 하는 에너지가 되었다.

하지만 어느 날 아침, 나는 다혜의 머리에 손을 얹고 축복 기도를 하다가 그만 펑펑 울고 말았다. 다혜도 눈물이 터졌다. 우리 둘은 얼싸안고 울었다.

"다혜야. 아빠는 네가 지금 얼마나 힘든지 다 알아. 그래, 넌 지금 아주 캄캄한 터널 안에 갇힌 기분일 거야. 아무 빛이 없어서 세상에 어둠뿐인 것처럼 느껴지겠지. 하지만 환한 빛이 곧 밝아올 거야. 어딘가에서 지금 빛이 나오고 있어. 새벽이 오려면 가장 짙은 어둠의 시간을 거쳐야만 해. 넌 지금 그 시간을 지나고 있는 거야. 지금이 네 인생의 가장 좋은 밑거름이 될 거야. 꼭 그렇게 될 거야. 하나님이 함께해 주실 거야. 조금만 더 견뎌보자."

다혜의 울음소리가 더 커졌다. 나는 다혜를 더 힘껏 안아 주었다. 금쪽같은 내 딸 다혜가 보냈던 그 시간을 잊을 수는 없지만, 우리의 기도대로 그 시절은 밝은 빛으로 가기 위해 거쳐야 할 고통의 어둠이었다. 다혜가 중학교 1학년을 중퇴한 시절의 이야기다.

아빠, 나 사랑하는 거 맞아?

그때 다혜는 다니던 중학교를 그만두고 집에 틀어박혀 있었다. 고작 중학교 1학년에 불과했다. 나는 다혜에게 더 많은 것을 해 주고 싶고, 더 좋은 것을 느끼게 해 주고 싶었다. 그래서 초등학교 6학년 때 다혜에게 좀 특별한 중학교를 다니는 것이 어떻겠느냐고 제안했다. 좋은 평가를 받고 있는 기독교 대안학교였다. 지방에 있는 기숙학교라 가족과 떨어져 지내야 하지만, 좋은 친구와 선생님들이 많다는 이야기를 해 주면서 우리 가족은 다혜의 중학교 진학을 두고 가족회의를 여러 번 했다. 다혜도 기쁘게 동의했기에 이윽고 다혜는 가족과 떨어져 좀 특별한 중학 생활을 시작했다.

문제는 엉뚱한 곳에서 터졌다. 다혜는 낮에는 활달하게 학교생활을 잘했다. 그런데 저녁만 되면 엄마 아빠 보고 싶다고 울면서 무척 외로워했다. 가끔 집에 올 때마다 '학교 가기 싫다' '집에 있었으면 좋겠다'는 말을 흘리기 시작했다. 처음엔 대수롭지 않게 여겼다. 학기 초라 적응하지 못해서 어리광을 부리는 것이라고. 그렇게 힘들게 1학기가 흘러갔다.

여름방학을 마친 다혜를 옆자리에 태우고 학교에 데려다주기 위해 집을 나섰다. 그때부터 다혜는 울기 시작했다. 2시간 정도 떨어진 학교에 도착했지만, 다혜는 내릴 생각도 하지 않고 더 소리내어

아빠, 나 학교 그만 다닐래

통곡했다. 거의 절규에 가까웠다. 달래기도 하고 어르기도 하고 화를 내기도 했지만, 다혜의 눈물은 그칠 줄을 몰랐다.

"아빠, 나 사랑하는 거 맞아? 내가 너무 힘들어서 학교에 갈 수 없다는데, 왜 내 의견을 존중해 주지 않아? 아빠가 날 사랑한다면 내 아픔을 들어 주고 사랑해 줘야 하는 거 아냐?"

'널 사랑하고 이해하니까 좀 더 참고 다녀 보라고 말하는 거'라고 설득했지만 다혜는 막무가내였다.

"난 도저히 학교에 적응이 안 돼. 힘들어."

다혜는 서글프게 울었다. 급기야는 차 안에서 무릎을 꿇고 싹싹 빌기 시작했다. 자신을 제발 학교에 보내지 말아 달라고, 집에 데려가 달라고, 학교를 그만두게 해 달라고.

2시간이 그렇게 흘렀다. 아이가 한없이 안쓰러웠다. 할 말이 없었다.

"그래, 집으로 가자."

나는 핸들을 꺾었다. 집에 돌아온 다혜는 사흘 밤낮을 침대에 파묻혀 울었다. 가슴이 찢어지는 것처럼 아팠다. 저렇게 그냥 뒀다가는 자살도 할 수 있겠다 싶을 정도였다. 그런 생각이 들자 더럭 겁이 났다.

다혜를 도저히 그냥 내버려둘 수가 없어 두 아이가 학교에 갈 때 다혜도 같이 불러 우리 집 고유의 구호를 외치고, 축복 기도를 하고, 포옹을 하고, 하이파이브 하는 시간을 가졌다. 다혜와 내가 서로 부둥켜안고 뜨거운 눈물을 나눈 것은 다혜가 학교를 그만둔 후 처음 그 자리에 섰던 날이었다.

힘든 날은 반드시 지나간다

다혜가 학교를 그만두고 집에 있을 때, 나는 출근길에 교복 입고 학교 가는 아이들을 보며 만감이 교차했다. 내 아이는 지금 집에 있는데, 다른 아이들은 다들 교복 입고 학교를 가고 있었다. 눈물이 찔끔 났다. 흐릿해지는 눈앞에는 교복 입은 친구들을 부러운 눈길로 바라보던 어린 나도 있었다. 가난한 집안 형편 때문에 나는 중학교를 졸업하고 곧바로 고등학교에 진학할 수가 없었다. 친구들은 교복 입고 다들 학교로 가는데, 나는 학교가 아닌 논으로 밭으로 일하러 나가야 했다. 학교에 가지 못하고 농사일을 하는 어린 내 모습이 생각나 눈가는 이내 촉촉해졌다.

공부하고 싶어도 할 수가 없어서 나는 농사일을 했는데, 내 아이는 학교에 가기 싫다며 학교를 그만두고 침대에 파묻혀 있었다. 그리고 내 친구들이 교복을 입고 학교에 갔듯이, 내 아이의 친구들도 그렇게 학교에 잘 다니고 있었다. 마음이 먹먹해졌다. 무언가 이 상

아빠, 나 학교 그만 다닐래

황을 반전시켜야 한다는 생각이 들었다.

그날 저녁, 나는 식사 후 다혜와 마주 앉았다.

"다혜야, 아빠랑 여행 갈래?"

뜻밖의 제안에 다혜는 놀란 눈치였다. 그렇게 우리는 둘이 손잡고 15일간의 유럽 여행을 다녀왔다. 나가 봤더니 세상은 정말 넓고 할 일도 많았다. 우리는 '신이 빚어낸 알프스의 보석'이라는 별명을 지닌 스위스의 4,158미터짜리 융프라우 정상으로 향했다. 빼어난 산세와 빙하가 맑게 갠 하늘 아래 깨끗하게 펼쳐졌다.

"다혜야. 지금 아빠와 함께 이 웅장한 알프스를 보고 있다는 걸 잘 기억해둬. 언젠가 너는 친한 친구나, 사랑하는 사람과 함께 다시 이 자리에 서는 날이 있을 거야. 그날엔 아빠와 함께 올랐던 오늘을 추억하겠지? 언젠가 지금, 가장 힘든 이 시절을 회상하는 날이 올 거야. 힘든 날은 반드시 지나가게 되어 있어. 그러니까 내일에 대한 기대를 가지고 지금을 건너가자."

다행히 여행을 다녀와서 다혜는 마음을 잘 추스렸다. 그리고 자신이 해야 할 일이 있다는 것을 깨닫고는 고등학교 검정고시 준비에 들어갔다.

돈이 넉넉해서 여행 간 거 아니냐고? 천만의 말씀. 여행 경비를 12개월 할부로 갚느라 죽는 줄 알았다. 하지만 그게 뭐 대수란 말인가. 빚까지 내서 여행을 갈 수 있었던 것은 돈과는 비할 수 없을 정도로 내 아이가 소중하기 때문이다. 아이는 그때 학교를 그만두고 친구들과는 전혀 다른 학업에 전념할만한 계기가 필요했다. 하나의 마침표를 찍고, 새로운 문장을 시작해야 하는 시점이었던 것이다. 부모로서 그때 아이에게 장면 전환의 기회를 제공해 줄 필요가 있었다. 15일간의 유럽 여행은 아이에게 그런 기회였다. 선택은 현명했고, 결과는 훌륭했다. 그것을 얻기 위해 그만한 여행경비는 충분히 지불할 가치가 있다.

부양이 아닌 양육

십대 아이들의 고민이 어른의 관점에서는 하나같이 형편없어 보일 수 있다. 하지만 아이들의 관점에서 보면 그 문제는 절대로 사소하지 않다. 아니, 생사를 넘나드는 중대한 문제일 수 있다. 그런데도 부모는 아이에게 쓸데없는 고민하지 말고 그럴 시간에 공부나 더 하라고 핀잔을 준다. 이렇게 반응할 때 아이들은 부모에게서 마음의 셔터를 내린다. 묵직하고 육중한 소리를 내며 닫혀 버린 셔터는 쉽게 열리지 않는다. 하지만 부모가 관심을 보이며 다가갈 때, 아이는 자신이 관심받고 있다고 생각하면서 스스로 문제를 풀어갈 수 있는 동기를 찾게 된다.

아빠, 나 학교 그만 다닐래

부모가 언제까지 자녀의 문제를 직접 해결해 줄 수 있을까? 어떻게 인생의 문제를 풀어 줄 수 있을까? 부모가 직접적으로 개입할수록 아이의 성장과 성숙의 기회는 그만큼 유보된다. 아이가 스스로 문제를 풀어 나갈 수 있도록 부모는 도와줄 수 있을 뿐이다. 문제 앞에서 팔을 걷어붙여야 하는 것은 부모가 아니라 아이다. 아이의 소매를 걷어 올려 주며 격려하는 것, 그것이 부모의 역할이자 할 일이다. 40대 아버지가 10대들의 문제를 풀 수 없다. 그 답은 그들이 안다. 단, 문제에는 반드시 답이 있다. 그들 스스로 문제를 풀 수 있도록 동기를 마련해 주는 것이 부모의 몫이다.

많은 부모들이 자녀 문제를 경제적으로만 해결해 주려고 한다. 먹이고 입히는 기본적인 부모 역할을 과중하게 해내느라 거의 탈진 상태에 있다. 더 좋은 것을 먹이고 입히느라 허리가 휜다. 생각해 보자. 집에서 키우는 애완용 개가 배고파하면 먹을 것을 주고 추우면 옷을 입히지 않던가? 아이들에게도 배고프다고 하면 밥을 주고, 춥다고 하면 두꺼운 옷을 꺼내 준다. 이와 같이 보이는 현상만 해결하는 것은 부양^{扶養}이다. 하지만 정작 아이들에게 필요한 건 부모의 정서적 지지다.

부모는 정서적으로 자녀에게 가장 든든한 지원군이어야 한다. 경제적으로만 가장이 될 것이 아니라, 정서적으로도 가족의 울타리가 되고 머리가 되어야 한다. 그러나 많은 아버지들이 경제적인 것에만 초점을 맞추느라 정서적인 부분은 거들떠보지 않는다. 아이의 마음을 읽고 어루만지고 보듬어 주는 정서적 지원군만큼 아이들에게 필요한 존재가 또 있을까? 보이는 현상을 해결하는 것을 넘어, 보이지 않는 정서적 관심을 기울이고 문제를 해결할 때 비로소 양육養育이라 말할 수 있다.

　다혜는 중등 과정을 검정고시로 마치고, 다시 고등 과정을 검정고시로 하겠다는 의사를 밝혔다. 다혜라면 충분히 잘해낼 거라고 생각했지만, 나는 반대했다. 다혜가 학교라는 또래 집단에서 배워야 할 것들을 놓치는 것이 안타까웠다. 오늘의 학교 환경이 여전히 많은 문제들을 안고 있지만, 또래 친구들이 겪는 같은 상황을 경험하면서 더불어 살아가는 법을 배우는 일이 중요하기 때문이다. 아이를 정서적으로 지지한다는 것이 무조건 아이 의견을 따르라는 말은 아니다. 부모는 자녀에게 인생의 선배로서 삶이라는 바다에서 공감하고 가르치고 나눌 수 있다. 그래서 부모와 잘 어울리는 단어는 자녀 부양이 아니라 자녀 양육이 것이다. 아이들의 정신적, 영적인 부분까지 키워주는 양육 말이다.

아빠, 나 학교 그만 다닐래

02

인생에서 2년은
작은 점에 불과해

우리끼리 오가는 다리

요즘은 가수 이름 하나 외우기도 어렵다. 워낙 많기도 하거니와 영어 닉네임이 부지기수다. 특히 아이들이 좋아하는 아이돌은 더더욱 어렵다. 팀 이름 외우기도 어려우니 대여섯 명에서 많게는 열 명이 넘는 팀의 멤버들 이름을 외우는 것은 나로서는 거의 불가능에 가깝다. 아이들은 아이돌에 열광한다. 요즘 아이치고 좋아하는 아이돌 없는 아이는 거의 없다. 좋아하는 아이돌 사진이나 스티커가 핸드폰을 비롯한 모든 소지품에 붙어 있고, 좋아하는 아이돌을 중심으로 친구 관계가 형성되고, 팬클럽에 가입해 그들만의 문화에 열광한다.

지금 50대 후반인 내가 이해하기에는 참 난감한 구석이 많다. 하지만 이렇게 자녀의 관심이 온통 아이돌에 쏠려 있는 것을 보고 한심해 하는 것으로 끝낼 것인가? "그 나이 때는 그럴 수도 있지" 하면서 그저 수수방관할 것인가?

아이들의 가장 중요한 관심사를 부모가 모른다거나 전혀 이해하지 못할 때, 부모와 아이 사이에는 건널 수 없는 또 하나의 강이 생기게 된다. 그리고 그 강에 수많은 다리를 건설할 수는 없어도 하나쯤은 오갈 수 있는 다리를 만들어 놔야 한다. 그것이 곧 아이와의 교감과 소통의 통로가 되는 것 아닐까?

첫째 딸 새롬이는 중학교 2~3학년 때 그룹 '신화'의 가수 전진에게 푹 빠져 있었다. 새롬이 방은 온통 전진 사진으로 도배되어 있었고, 모든 소지품에는 그의 얼굴이 박혀 있었다. 내 입장에서는 도저히 이해할 수 없는 일이었지만, 일단은 지켜보기로 했다. 하지만 새롬이의 팬심은 평균을 넘어서기 시작했다. 심지어는 전진 엄마가 가게를 하나 오픈하는데, 거기 가서 일을 거들면서 전진 엄마랑 친해진 다음 전진과 결혼하겠다는 당돌한 포부(?)를 밝히기도 했다. 물론 철부지 사춘기 소녀의 생각일 뿐이었지만.

하루는 신화 콘서트가 주일날 있었다. 교회도 안 가고 콘서트에 간다고 하면 아빠 엄마한테 혼날 줄은 알아서, 새벽 예배를 드리고 콘서트에 가겠다고 했다. 평소에 아침잠이 많은 녀석이라 설마 했는

인생에서 2년은 작은 벌에 불과해

데 정말로 새벽에 일어나 엄마를 깨워서 새벽 예배를 드리고 콘서트에 갔다. 이대로 두면 안 되겠다는 생각이 들었다. 다음날 새롬이를 불러 아버지로서 걱정하는 마음으로 타일렀다. 하지만 새롬이는 막무가내였다. 나는 화가 나서 "너 그렇게 할 거면 이 집에서 나가!" 하고 소리를 버럭 질렀다. 그랬더니 새롬이는 쌩 소리 나게 곧장 일어나서 집을 나가 버리는 것이 아닌가.

속이 부글부글 끓었지만 중학생 딸아이가 걱정 돼서 나는 안절부절못했다. 자존심이 상해서 곧장 나가 보지도 못하고 한참 지난 후에 나가봤더니, 새롬이는 대문 앞에 쪼그리고 앉아 있었다. 나는 말없이 새롬이의 손을 잡았다.

그날 밤, 내가 보냈던 사춘기를 돌아보았다. 1970년대 중반, 그때는 나팔바지라고 통 넓은 바지가 유행했다. 어떻게든 바지를 넓혀서 입어보겠다고 온갖 꾀를 냈던 일, 모자를 팽팽하게 써서 한껏 멋을 부린 일들이 떠올랐다.

누구나 사춘기를 거친다. 하지만 그 기간은 잠깐이다. 사춘기를 거쳐 온 모든 어른들이 사춘기를 지나는 자기 아이들을 잘 이해하지 못한다. 어른은 항상 어른의 시선으로 아이를 본다. 자신도 거쳐 온 시절인데도 까맣게 잊어버리고, 마치 자신은 그런 시절이 없었다는 듯이 아이들의 사춘기를 이해하는 데 인색하다.

콘서트와 몇 시간의 가출 사건 며칠 후, 나는 신화 3집 신보를 직접 구입했다. 그리고 선물 포장을 한 다음 카드를 적었다.

"새롬아. '신화' 많이 좋아하지? 아빠도 새롬이가 좋아하는 신화를 좋아할 수 있도록 노력해 볼게. 그런데 아주 조금만 절제했으면 좋겠다. 사랑해, 우리 딸!"

그리고 학교 가는 새롬이 가방에 몰래 넣어 주었다. 오전에 새롬이에게서 전화가 왔다. 완전히 흥분한 목소리였다.

"아빠! 선물 고맙습니다. 친구들이 아빠 완전 짱이래요. 정말 고맙습니다!"

이렇게 '신화' 때문에 딸과의 사이에 작은 다리가 하나 생겼다. 서로가 가진 생각의 강을 건너 우리 둘이 오가며 마음을 나누는 다리였다. 가수 이야기를 하면서 새롬이의 취향을 더 이해하고, 내가 하고 싶은 말도 자연스럽게 할 수 있게 되었던 것이다. 내 취향과 달라 끝내 신화를 많이 좋아할 수는 없었지만 말이다.

낙심한 딸에게

그 이후 새롬이와는 대화 채널이 늘 가동되었다. 고3 때 새롬이는 열심히 공부를 했지만, 대학 입시 결과는 썩 좋지 않았다. 지원한 대학마다 모두 낙방의 고배를 마셨다. 나는 일찌감치 "재수는 안 된다"고 못 박았다. 그래도 현실을 받아들이는 일은 새롬이에게도 나에게도 쉽지 않았다. 깊은 고민에 빠져 있다가 서울 시내 대학의 교수로 재직 중이신 교회 권사님에게 상담 요청을 드렸다. 그분은 지방에 있는 대학을 추천하셨다. 새롬이는 전혀 달갑지 않다는 눈치였고, 나 역시 거기까지 가야 하나 싶어 기분이 좋지 않았다. 하지만 별다른 선택의 여지가 없어 결국 새롬이는 그 대학에 진학하기로 했다.

입학식에는 아내와 함께 가보았다. 거기서 우리는 완전히 실망했다. 그래도 대학 입학식인데, 학생들에게선 신입생다운 풋풋함은 눈 씻고 찾아보려고 해도 볼 수 없었다. 시쳇말로 '좀 놀아본' 기색이 역력한 아이들뿐이었다. 질겅질겅 껌 씹는 아이들과 복장 불량한 아이들이 대부분이었다. 한편으로는 걱정이, 또 한편으로는 한심하다는 생각이 몰려왔다.

'아주 떨어질 때까지 떨어졌네. 내가 여기까지 오게 될 줄은 몰랐네.'

새롬이는 혼잣말로 중얼거렸다. 그리고 이내 그 큰 눈에서 눈물이 주르륵 흘렀다. 새롬이는 자기 자신에게 많이 실망하고, 자신이 선택한 대학에 크게 낙담한 눈치였다.

나 역시 비슷한 마음이었지만 아이를 탓할 수는 없었다. 이 냉엄한 현실을 마주하고 감당해야 하는 새롬이에게 필요한 것은 위로와 격려일 테니까.

"새롬아. 기회는 준비된 자에게만 오는 거야. 이 상황에서 최선을 다하면 너에게 반드시 기회가 올 거야. 기회란 놈은 뒷머리는 없고 앞머리만 있다지. 그래서 뒷머리를 잡을 수는 없어. 네가 현재의 상황을 탓하면서 네 자신을 포기해 버린다면 그건 스스로 기회를 버리는 거야."

순간 새롬이 얼굴엔 어떤 결기 같은 것이 스쳐 갔다. 새롬이는 자존심이 많이 상했던 것 같았다. 그리고 2년 동안 치열하게 열심히 공부했다. 졸업식 날, 딸아이는 부탁이 하나 있다며 입을 열었다.

"아빠, 편입 공부를 한번 해보고 싶어요."

어렵사리 꺼낸 말이었다. 나는 기회를 주어야 한다고 생각해 흔쾌히 승낙했다. 하지만 1년 동안 죽어라 공부한 딸에게 돌아온 결과는 참담했다. 11군데에 편입 원서를 넣었지만 모두 불합격이었다. 그런 딸을 옆에서 지켜보는 것도 힘들었지만, 가장 힘든 것은 새롬이일 것이라는 생각에 전혀 내색하지 않았다.

"아빠. 정말 면목이 없네요. 정말 미안한데 1년만 더 해 보면 될 것 같아요. 딱 한 번만 더 밀어 주세요."

"아빠는 너를 진심으로 응원한다. 너의 노력은 정말 대견해. 네가 편입 공부를 2년 하는 건 전혀 문제가 아니야. 80년, 아니 이제 100년 사는 인생에서 2년쯤 늦어지는 건 아무것도 아니야. 2년이란 시간은 100년 정도의 직선에서 한 점에 불과하니까. 내 딸 파이팅!"

새롬이는 다시 1년을 공부해 희망하는 것 이상의 대학교에 당당히 편입학했다. 대견하고 자랑스러웠다. 그리고 한없이 기뻤다.

"넌 정말 대단한 아이야. 아빠는 네가 정말 자랑스러워. 무엇보다 광야 생활 같은 2년을 잘 견뎌줘서 아주 고마워."

"나도 아빠한테 고마운 게 있어요. 2년 동안 믿고 기다려줘서 고맙습니다."

우리는 그렇게 서로 진심을 나누었다. 인생에서 한 점 같은 2년. 딸에게는 결코 잊을 수 없는 시간이 되었을 것이다. 그리고 두려워하지도 않고 망설이지도 않고 도전하는 새롬이의 앞날이 더욱 기대된다. 지금도 훌륭하지만 앞으로 사회에 선한 영향력과 유익을 끼치는 사람이 되었으면 좋겠다. 우리 집 구호처럼 공부해서 남 주고, 돈 벌어서 남 주고, 다른 사람을 이롭게 하는 사람이 되었으면 좋겠다.

아이의 가능성을 믿으라

누구나 두렵다. 많은 사람들이 가지 않은 길을 선택한다는 것은. 결과를 알 수 없기에 그만큼 두려운 것이리라. 그래서 많은 이들은 대부분의 사람들이 가는 쪽을 선택한다. 새롬이는 비교적 어려운 길을 선택했고, 선택한 만큼 노력했고, 감사하게도 본인이 원하는 결과를 얻었다. 사실 많은 사람들이 새롬이의 2년을 지켜보면서 별 기대를 하지 않았다. 전공을 살려 적당한 곳에 취업하고 그 다음엔 또 적당히 결혼하면 된다고 생각했다. 이유는 너무 뻔하다. 다들 그렇게 살기 때문이다. 인생 별거 없다고 단언하면서 말이다.

익숙한 것, 안정적인 것, 보편적인 것을 선택하는 쪽에 길들여진 우리들은 그 패턴에서 벗어나기를 가장 두려워한다. 사람들의 시선에 전전긍긍하고, 자신의 선택에 대해 회의하면서 어깨를 구부린 채 걸어간다. 하지만 그것을 떨쳐 버릴 수 있는 작은 용기로 삶은 달라진다. 아이들이 누구나 걸어가는 길을 선택하지 않더라도 부모는 자녀에게 작은 용기를 북돋아 줄 수 있어야 한다. 왜냐하면 부모니까. 사랑하는 자녀니까.

어쩌면 부모에게 주어진 가장 어려운 숙제는 자녀를 있는 모습 그대로 인정하는 것, 자녀가 가진 가치를 그대로 받아들이는 것일지 모른다. 우리 모두 부모라는 이름으로 자녀에게 너무 많은 기대를 걸고, 자신의 욕심을 투영하고, 세상의 기준에 맞춰 살아갈 것을 요구하지는 않았던가?

팔다리가 없어도 행복해 하고, 감사한 조건을 찾고, 누구보다 밝고 긍정적으로 살아가는 닉 부이치치를 보라. 그가 그렇게 살 수 있었던 데는 그의 부모가 가졌던 양육 지침이 매우 큰 영향을 끼쳤다. 남과는 다르게 키워야 할 닉을 여느 아이들처럼 키운 것이다. 그들은 아무것도 할 수 없을 것처럼 보이는 그에게, '너는 무엇이든 할 수 있다'고 가르쳤다. 그것은 파격적인 도전이었다. 그래서 닉 부이 치치는 다른 아이들처럼 수영을 하고 서핑을 하고 골프를 하고 축구를 했다. 요즘 우리 사회의 보통 부모들의 생각으로는 어림없는 일이다. 그가 자라온 과정에서 나는 그를 있는 그대로 받아들인 부모의 탁월한 선택이 그저 놀라울 뿐이다.

당신의 아이를 있는 그대로 바라보라. 지금 그 모습을 충분히 사랑하라. 부모는 아이의 가능성을 끝까지 믿어 줄 수 있는 유일한 존재다. 아이는 부모의 신뢰를 밑거름 삼아 자신의 가능성을 더 활짝 키워간다.

03

더 멀리
담을 넓혀라

아이들에게 필요한 일용할 양식

종종 사내아이와 아버지의 대화는 너무나 썰렁하다. 그 아이가
사춘기라면 부모 입장에서는 더더욱 조심스럽고, 어느 때는 위태롭
기까지 하다. 굳이 주제가 있는 대화랄 것도 없는 일상적인 이야기에
조차 어색하고 짧고 긴 침묵이 들어선다. 말하자면 이런 식이다.

"현석아, 아빠가 사랑해."

"응."

"'응'이 뭐야?"

"나도."

"나도? '나도'가 뭐야?"

"사랑해."

"사랑해?"

"응. 나두 아빠 사랑해."

아들 녀석에게 사랑한다는 말 한 번 듣기 참 힘들다. 기어이 그 말을 듣기 위해 끝까지 추궁(?)하는 나도 우습지만 아들 녀석도 참 비싸게 굴었다.

이렇게라도 해서 아들과 어떻게든 눈을 맞추고 대화를 해보려고 하지만, 이것이 결코 쉽지 않다는 것을 아버지들은 잘 알 것이다. 가뜩이나 요즘은 스마트폰을 24시간 끼고 사는 아이들이라 그들의 관심을 끄는 일은 더더욱 어려워졌다. 사실 사춘기를 보내는 초중고 아이들이 부모의 관심을 아예 사절하는 것은 아니다. 정작 아이들은 부모의 관심과 사랑이라는 일용할 양식이 없으면 견뎌낼 수가 없다. 거리에 나가 보면 부모의 관심과 사랑을 전혀 받지 못하고 방치된 채 배회하는 청소년들이 수두룩하다.

한번은 비행 청소년들을 대상으로 강연을 한 일이 있다. 충북의 한 지방경찰청에서 주관하는 청소년비전캠프였다. 사고를 친 아이들은 경찰에서 검찰로 넘어가기 전에 일정한 교육을 받는데, 거기서 교육을 잘 받으면 검찰로 송치되지 않는다. 그때 만난 한 아이가 있다.

"너 이렇게 지내면 가족들이 걱정하지 않겠니?"

"가족이요? 관심 없어요!"

"왜?"

"가족이 나한테 관심이 없으니, 내가 가족에게 관심이 없는 건 당연한 거 아니에요? 우리 집 사람들은 공부 잘하는 형만 좋아해요. 나 같은 건 안중에도 없죠. 그러니 나도 그런 사람들과 상관없죠. 집 보다 바깥이 좋고, 바깥에서 오토바이 가지고 사고치고. 그냥 이대로 막 살 거예요."

그렇게 집을 나온 아이들, 부모를 떠난 아이들이 지금도 거리에서 서성거린다. 물론 부모들도 할 말이 많다.

"내가 저를 위해 얼마나 애썼는데."

"뭐가 부족해서 저러는지 모르겠다."

"나도 자식한테 할 만큼 했다."

아이를 먹이고 입히고 재워 주는 일은 부모가 '한 일'이라고 내세울 것이 못 된다. 그건 부모로서 기본적인 의무 사항일 뿐이다. 아이들에게 관심을 가지고 차별하지 않고 사랑하면서 아이들 스스로 존재감을 느끼도록 하는 것이 진짜 부모의 할 일이다. 그래야 아이들이 바르게 성장할 수 있다.

바깥으로 뛰쳐나간 아이들은 가정에서 얻어야 할 사랑과 관심을 가정 바깥에서 찾으려고 한다. 사랑과 관심이라는 일용할 양식을 얻지 못해 영혼이 굶주린 것이다. 그렇게 사랑의 허기를 채우기 위해

더 멀리 담을 넓혀라

애쓰지만, 대부분 그 방황과 일탈의 끝은 좋지 않게 끝나기 일쑤다.

아버지학교에서 만난 한 아버지는 대학생 된 딸아이의 통금 시간이 9시라고 자랑스럽게 말했다. 엄격한 통금 시간으로 딸아이를 통제하거나 관리할 수 있다고 생각하는 것은 착각이다. 아버지는 그것이 사랑이고 관심이라고 믿는다. 그러나 아이는 이미 대학생이 되어 자신만의 세상을 만들어 가는 중이다. 공부도 하고 사람도 만나고 목표를 이루기 위해 달리기도 한다. 그런데 정작 부모는 대학생 딸아이를 여전히 품 안의 새끼쯤으로 여기고 시간을 정해 단속한다. 아버지는 한 번쯤 생각해 봤을까? 친구들과 만나다가, 도서관에서 공부하다가, 특강을 듣다가 주섬주섬 짐을 챙겨 빠져나오는 딸아이의 모습을. 그때 아이는 아버지에 대해 어떻게 생각할까?

아버지는 아이들을 키우면서 자신의 중심으로부터 200미터 지점에 담을 친다. 그리고 아이들에게 말한다.

"200미터 안에서만 놀아. 멀리 가면 안 돼! 바깥은 너무 위험해. 나가면 아빠한테 혼날 줄 알아."

아이가 초등학생이 되고, 중학생이 되어도 반경 200미터의 울타리는 그대로다. 고등학생이 되고, 대학생이 되어도 아버지는 200미터의 담 안에 있으라고 아이에게 요구한다. 특히 딸아이를 키우는 아버지들은 무슨 대단한 교육 철학인양 그 지경을 절대로 양보하지 않는다.

그러나 부모의 할 일은 아이들을 키우면서 담을 새로 세우고 보수하고 넓히는 것이다. 처음에는 200미터 지점에 세웠던 담을 500미터로, 다시 1킬로미터로 넓혀 주어야 한다. 아니, 어느 순간에는 그 담을 아예 없애야 한다. 아이가 점점 바깥세상을 알더라도 가정의 안전함과 규칙에 동의하기 때문에, 바깥에서 놀다가도 다시 가정으로 돌아온다. 가정이라는 울타리 안에 언제나 부모의 사랑과 관심이라는 영혼의 양식이 있다는 것을 알기 때문이다. 따라서 아이들이 자라는 만큼 뛰어놀 수 있는 경계선을 넓혀 주고, 언제든 다시 돌아올 수 있도록 믿어 주는 것이 중요하다. 그렇게 자란 아이들은 영원히 담 밖으로 뛰쳐나가지 않는다.

뻔한 인생은 없다

5년 전에 북경에서 한 아버지를 만났다. 그는 친구의 아들을 번듯하게 키워서 주변을 놀라게 한 인물이다. 아이는 철없는 고등학교 시절, 여러 차례 오토바이 절도를 하는 등 나쁜 짓을 많이 저질렀다. 아들이 오토바이를 훔쳤다는 연락을 받고 아버지는 친구와 함께 경찰청으로 달려갔다. 경찰은 더 이상 선처할 수 없다고 말하면서 법대로 처리하겠다는 원칙을 밝혔다. 그때 아버지의 친구가 나서서 간절

더 멀리 담을 넓혀라

하게 호소했다.

"마지막으로 한 번만 기회를 주십시오. 내 아이와 같은 나이니까, 제가 맡아서 이 아이를 바로잡아보겠습니다."

그래서 아이는 풀려나게 되었고, 그는 친구 아들을 맡아서 자신이 살던 중국으로 데려갔다. 그리고 친자식 키우듯 반듯하게 아이를 훈련시켰다. 나쁜 행동은 왜 나쁜 것인지, 왜 그런 일을 했는지 아이와 끊임없이 대화를 나누었다. 아버지의 사랑을 모르고 자란 아이에게 그는 사랑을 직접 느끼도록 보여 주었다. 수년 동안 그는 집에서 친구 아들을 사랑과 관심을 가지고 키웠다. 그러나 유감스럽게도 그 사이 아이의 아버지는 사고로 세상을 떠났다.

이른바 비행 청소년이었던 아이는 중국에서 첫손에 꼽히는 북경대학을 졸업하고 대학원까지 나와 번듯한 사회인으로 자랐다. 예전의 문제아가 바른 청년으로 다시 태어난 것이다. 어느 날, 이제는 친아버지와 마찬가지인 그가 아이에게 물었다.

"네가 버는 돈의 절반을 사회를 위해 쓰는 것은 어떻겠니?"

"당연히 그렇게 해야죠!"

대화가 걸작이다. 멋진 제안에 똑 부러진 대답이다. 비록 친아버지는 아니지만 한 집에서 아버지 친구의 삶과 철학을 배워온 아이는 어떻게 사는 것이 값진 삶인지 보고 배우며 결정한 것이다. 한 비행 청소년의 인생은 이렇게 180도 달라졌다. 더 놀라운 것은 나만 잘 먹고 잘 사는 인생이 아니라 사회와 이웃을 위한 삶을 작정한 점이다. 사랑과 관심이 만들어 낸 결과다. 한 사람의 헌신과 노력은 이렇게 다른 한 사람의 삶을 바꾼다.

우리는 너무 조급하다. 한두 번 사고 치면 '문제아'라고 낙인을 찍어 버린다. 학교 다닐 때 문제아라고, 한 번쯤 놀아 봤다고 하는 친구들이 장성해서 사회에서 제 할 일을 누구보다 잘해 내는 모습을 많이 보았을 것이다. 이처럼 아이들에게 일탈과 방황은 성장과 성숙의 과정으로 가는 몸살일 수 있다. 10년, 20년 뒤를 내다보고 참고 기다려 주는 것이 아이를 포기하기 전에 부모가 할 일이다. 아이들의 이야기를 끝까지 귀 기울여 듣는 것이 부모의 역할이다. 자녀가 실수하더라도 부모가 인내하면서 바로잡아 주어야 한다. 성공을 목표로 채찍질할 것이 아니라, 자녀의 인품을 바로 세우는 데 중점을 두어야 한다. 사랑과 관심은 사람을 변화시킨다. 어디에도 뻔한 인생은 없다.

더 멀리 담을 넓혀라

04

누구에게나
기다림의 시간은 필요하다

담배 피우던 아들, 딱 걸리다

막내 현석이가 학교 화장실에서 담배를 피우다가 들켰다. 학교 선생님으로부터 그 소식을 전해 듣고 당혹스러운 마음이 들었다. 퇴근해서 집에 돌아와 야단맞을까 봐 고개를 푹 숙이고 있는 녀석의 어깨를 나는 툭툭 쳐 주었다. 그리고 가족회의에서 그 이야기를 함께 나누었다.

"오늘은 참 기쁜 날이다. 우리 현석이가 어느덧 담배에 호기심을 가질 만한 나이가 되었구나. 벌써 그렇게 되었나? 현석아, 담배가 그렇게 피워보고 싶었니?"

현석이는 고개를 푹 숙였다.

"친구들이 다 피우니까 안 피울 수가 없었어요. 잘못했습니다."

"아빠도 열일곱 살 때 담배를 처음 피웠어. 그런데 바로 끊었지. 두 가지 이유가 있었어. 한 가지는 내가 너무 어리다는 것이고, 또 한 가지 이유는 담배가 건강에 나쁘기 때문이었지. 현석아. 너는 지금 학생 신분이고, 담배는 건강에 안 좋으니까 하지 않는 게 좋겠다. 현석이 생각은 어떠니?"

"네, 앞으로는 안 그러겠습니다."

다행히 현석이는 아빠 말에 순종했다. 그런 아들이 고마웠다.

그즈음, 현석이 담임 선생님으로부터 우리 부부는 일종의 경고를 들었다. 현석이가 안 좋은 친구들을 사귀고 있으니 잘 지켜봐야 한다고. 그 이야기를 듣고 고민이 많았다. 녀석의 마음을 어떻게 바로잡을 수 있을까? 고민 끝에 친구들을 집으로 데리고 오라고 했다. 저녁 식사에 초대한 것이다. 아이들을 보듬어 주고 세워 주고 싶었다. 사귀지 말라고, 나쁜 친구들 만나지 말라고 하는 것만이 능사가 아니었다. 아들이 만나는 친구들이 어떤 아이들인지 먼저 만나 보는 것이 중요했다. 또 그 친구들이 현석이를 어떻게 생각하는지, 어떻게 대하는지 보고 싶었다. 그래서 현석이와 친구들의 사귐의 깊이를 확인할 수 있는 자리를 마련한 것이다.

아버지들을 대상으로 청소년들에 대한 강의를 준비하면서, 요

누구에게나 기다림의 시간은 필요하다

즘 아이들의 생활을 직접 체험하기 위해 밤 11시쯤 아이들이 많이 모이는 곳에 간 적이 있다. 밤늦은 시간인데도 아이들은 거리에서 배회하고 있었다.

"너희들, 왜 이런 데서 밤늦게까지 있니?"

별 이상한 아저씨 다 보겠다는 눈빛. 하지만 이윽고 아이들은 스스럼없이 말했다.

"집보다 여기가 더 좋아요."

"집에 가면 처음부터 끝까지 야단맞고 욕만 먹어요. 진짜 재미없어요."

"오토바이 훔치다 걸려서 경찰서에 여러 번 갔어요. 엄마가 몇 번 꺼내주더니 그러대요. '포기했다'고요. 그 이야기 듣고 엄청 충격 받았어요. 그 다음부터는 밖에서 살아요. 돈 떨어지면 훔치기도 하고."

부모들은 아이들을 행복하게 해줄 수 있는 조건을 먼저 배우려고 한다. 하지만 그건 대단한 착각이다. 정말 중요한 것은 가족의 사랑이고 부부의 행복이다. 현석이의 친구들을 초대한 것도 우리 가족 안에 있는 사랑을 보여 주기 위해서였다. 현석이가 사랑의 울타리 안에 있다는 것을 보여 주고 싶었다. 특히 아이들에게는 부모가 서로 사랑한다는 것을 체감시키는 일이 중요하다. 부부가 갈등 없이 행복하게 지내면 아이들도 저절로 행복해진다. 행복한 가정을 만들고 자녀에게 안정감을 주고 싶다면 '행복한 부부' 모습을 보여 주면 된다.

교육부가 발표한 자료에 의하면, 2017년에 스스로 목숨을 끊은 학생은 모두 114명이다. 자살 원인은 가정불화가 1위로 36명의 학생들이 자살을 선택했다. 그다음으로는 비관과 우울, 성적 비관, 이성 관계, 신체 결함과 질병 등이 이유로 거론되었다. 요컨대 36명이나 되는 아이들이 가정불화로 자살했다는 것은 결국 부모가 아이들을 죽음으로 내몰았다는 뜻이다.

가정을 만들고 지키고 다듬는 1차적인 책임은 가정의 머리인 아버지에게 있다. 아버지는 정원사다. 정원사는 뜰을 손질하고 꾸미고 아름답게 만드는 사람이다. 그렇게 만들어진 정원에 깃들어 사는 것은 행복하다. 가정도 마찬가지다. 부부가 서로 하나 되어 사랑하며 가정을 잘 가꾸는 모습을 보여 주는 것이 우선이다. 가정이 행복하고 편안할 때 아이들은 밖으로 떠돌지 않는다. 괴롭더라도 죽음을 선택하지 않는다. 아름다운 정원에는 나비와 새가 몰려들지만, 가꾸지 않은 정원에는 들짐승들이 어슬렁거리는 법이다.

매와 훈계 사이

한번은 현석이가 정해진 자기 핸드폰 요금을 다 써버리고 수신자 부담으로만 전화를 한 적이 있었다. 여전히 나쁜 친구들과 어울리는 것만 같아 화가 났다. 저녁에 돌아와서 아들 얼굴을 보는데 갑자기 부아가 치밀어 올랐다. 그러고서는 안 될 짓을 하고 말았다. 나도 모르게 아들의 머리를 손으로 친 것이다.

"네 의사를 똑바로 표현해 봐. 친구들한테 끌려다니지 말고!"

현석이는 머리를 감싸더니 제 방으로 물러갔다. 아이의 뒷모습을 보면서 아차 했다. 그런 말을 하면서 머리를 손으로 친 것은 아이에게 상당한 모욕감을 주었을 것이다. 아이 마음에 남은 깊은 상처가 오래갈 것 같아 나도 마음이 무거워졌다.

"당신, 아까 그 일은 현석이한테 사과해야 하지 않겠어?"

아내도 걱정스러웠던 모양이다. 아내의 지적까지 받은 이상, 그건 내가 잘못한 일이 분명했다. 후회가 밀려왔다.

다음날 아침, 나는 현석이와 마주앉았다.

"아빠는 네가 친구들에게 끌려다니는 게 싫다. 이제 너도 네 주관을 가지고 행동할 나이니까. 네가 분명한 주관을 가지고 행동하는 모습이 보고 싶다. 어제 일은 아빠가 미안했다."

현석이의 대답은 짧고 굵었다.

"네."

아들 녀석은 속이 몹시 상했을 것이다. 그리고 주관 없는 자신의 모습을 가족들이 알게 되어서 자존심이 구겨졌을 것이다. 그렇다고 "그러기는 힘들어요"라고 말할 수도 없고. 하지만 부모는 기억해야 한다. 그 자리에서 아이를 꾸중하고 비난하면 아이는 설 자리를 잃는다는 것을. 그때부터 아이는 가정으로부터 한 발자국씩 점점 멀어진다.

단, 잘못한 일에 대한 대가는 반드시 치러야 한다. 이때 부모는 아이에게 신체적인 체벌을 가할 수도 있고, 정신적인 훈계를 줄 수도 있다. 매든 훈계든 아이에게는 생각할 기회가 생긴다. 나는 훈계 쪽을 택했다. 나는 교육학을 전공하면서 매는 14세 이하의 아이들에게 적당한 벌이라고 배웠다. 전문가들은 그 이후의 매는 효과가 별로 없다고 말한다.

"아빠가 너한테 매를 들지 않고 훈계라는 방법을 택했다고 해서, 이것을 가볍게 생각해서는 안 된다. 아빠는 매가 아닌 훈계를 선택했을 뿐이다. 매든 훈계든, 아빠가 너한테 전하려는 이야기의 내용에는 변함이 없다. 네 주관을 가지고 행동해."

현석이는 잘 알아들은 것 같았다. 그날 이후로 아주 조금씩 현석이는 달라지기 시작했다.

오래전에 독일로 이민 가서 사는 절친이 있다. 친구한테 독일에서는 아이가 현악기의 한 줄을 배우는 데 1년 정도가 걸린다고 들었다. 또 독일에서는 연말이 되면 으레 연주회를 갖는단다. 1년 동안 고작 한 줄을 배웠으니 연주가 제대로 될 리가 없다. 이때 선생님이 함께 연주를 돕는다. 초대 받아 온 이들은 다들 환호성을 지르며 아이를 격려하고 칭찬한다고 한다. 그러면 아이는 신이 나서 무어라도 할 수 있다는 자신감을 얻는다. 그렇게 수년 동안 악기를 배우면 탁월한 실력을 갖게 된다고 한다. 거기에 비하면 우리네 사정은 어떤가. 고작 한 달 학원 보내 주고 연주를 해 보라고 한다. 그래 놓고는 아이의 음악성을 논하고 선생의 실력을 평가한다. 이러쿵저러쿵 말들이 많다. 어디에도 기다림의 미덕은 없다.

우정의 소중함도 모른 채 입시 경쟁의 지옥에서 지칠 대로 지친 아이들은 너무 힘든 나머지 방황도 하고 사고도 친다. 하지만 그 아이가 방황을 끝내고 제자리로 돌아올 때까지 그 자리에서 기다려 줘야 한다. 그것이 부모의 역할이다. 아이가 문제가 많다고만 생각하지 말고 기다려 주자. 기다리는 동안 아이의 가능성을 믿어주고, 아이가 그려 낼 미래의 청사진을 기대하며 손꼽아 주자. 이것이 아버지의 몫이다. 아버지가 기다린다는 것을 아는 아이는 돌아온다. 기다려만 줘도 문제의 절반은 해결되는 셈이다.

"왜 그렇게 쓸데없는 일에 신경 쓰고 고민하냐?"는 부모의 말에 아이들은 절망한다. 그 대신 이렇게 말해 보라.

"너 요즘 힘들어 보인다. 아빠가 여기 있다는 거 잊지 마. 언제든 도움 필요하면 콜!"

아빠의 한 마디에 아이들은 문제를 풀어 갈 힘을 얻고, 스스로 해결해 나간다.

더디 자라지만 성장한다

　기다림의 미덕을 갖추기 위해서도 역시 기다림이 필요하다. 기다림을 즐겨하는 사람은 아무도 없다. 하지만 부모는 아이가 성장하고 성숙해지는 것을 기다려야 한다. 어떤 재촉도 강요도 통하지 않는다. 아이들은 자기만의 속도로 자라 가는 법이니까.

　중국 대나무 중에 모소 대나무가 있다. 이 대나무의 성장 과정은 매우 특별하다. 모소 대나무 씨앗은 4년 동안 아무 싹도 틔우지 않는다. 표면에서는 아무 일도 벌어지지 않아서 씨앗이 죽은 것만 같다. 하지만 언제 그랬느냐는 듯이 5년째 되는 해에 새순이 힘차게 솟아오른다. 아주 쑥쑥 자란다. 그렇게 해서 6주라는 시간, 그러니까 두 달도 안 돼 무려 15미터가 자란다. 4년 동안 씨앗은 땅 속에서 무엇을 했을까? 죽은 줄로만 알았던 씨앗은 어떤 일을 하고 있었을까? 씨앗은 땅 속에서 쭉쭉 뻗어 나가고 있었다. 바깥세상에서 자라기 전에 먼저 뿌리를, 깊고도 넓게 내리고 있었다. 솟아오를 발판을 먼저 만들고 있었던 것이다. 그러므로 모소 대나무를 키우는 사람은 4년 동안 기다려야 한다. 기다릴 줄 아는 사람만이 모소 대나무의 새순과 성장을 만나 볼 수 있다.

　그런데 모소 대나무가 언제나 쭉쭉 자라기만 하는 것은 아니다. 성장을 멈출 때가 있다. 바로, 마디가 생길 때다. 대나무는 성장을 멈추고 마디를 만든다. 대나무에서 마디는 일시 정지, 또는 우선 멈춤의 표시다. 그때마다 성장의 기준을 세우고 방향을 잡는다. 한창 성장하다가 이렇게 잠시 멈추어 있으면 문제가 생기고, 틀어지고, 끝난 것처럼 보이지만, 절대 그렇지 않다. 지지부진한 답보 상태가 아니다. 나무는 멈춤을 통해 힘을 얻고, 단단해지고, 방향을 바로 세운다. 멈춤을 통해 나무는 튼튼한 또 한 번의 생장점을 만드는 것이다. 그리고 그 흔적인 마디는 나무를 더욱 올곧게 자라게 한다.

어디 대나무만 그런가? 건물을 지을 때 사용하는 시멘트를 바르고 난 뒤에는 반드시 굳는 시간이 필요하다. 이 양생의 시간을 갖지 않으면 건물은 부실해진다. 양생의 시간도 기다림의 시간이다.

우리는 지금 너무나 바쁘게 살고 있다. 페달을 계속 밟아 댄다. 아이들이 잠시 멈추기라도 하면 부모들은 화들짝 놀란다. 하지만 아이들에게도 어른들에게도 쾌속 질주 중간의 멈춤의 시간은 반드시 필요하다. 자신을 성찰하고 나아갈 방향을 바로 잡으려면 우선 멈춰서야 한다. 멈춤은 성찰의 시간이다. 인생에도 양생의 시간이 필요하다.

05

부모들이여,
달인이 되자

나는 개그맨 김병만을 좋아한다. 그가 〈개그콘서트〉에서 '달인'
으로 매주 변신하는 것을 보면서 참 대단하다는 생각이 들었다. 그는
말로 웃기는 것이 아니라, 숱한 노력과 훈련을 거쳐 몸으로 웃긴다.
달리고, 거꾸로 서고, 매달리고, 반복하면서 그는 도전을 쉬지 않았
다. 보통 사람으로는 흉내 내기도 어려운 데다가 때로는 다소 위험하
다 싶은 것을 그는 척척 해냈다. 그렇게 해내기까지 그의 몸이 얼마
나 상했을지 짐작할 수도 없다. 그래서 그의 이름 앞에 호처럼 붙어
있는 '달인'이라는 말은 '영웅'과 동의어나 진배없다.

한창 인기 있는 〈정글의 법칙〉에서 만나는 족장 김병만은 '달
인'의 연장선상에 있다. 그는 '달인'으로 훈련하던 시절을 밑거름 삼

아 든든한 '족장'이 되어 부족원들을 이끈다. 온갖 위험이 도처에 잠복해 있을 뿐만 아니라 예측 불가능한 돌발 상황이 끊이지 않는 오지에서 그가 보여 주는 것은 연기가 아니다. 부족원들에 대한 섬김과 헌신, 추진력, 리더십, 판단력, 그리고 상황 전체를 보는 통찰력 등을 보노라면 그가 진정한 족장임을 확인할 수 있다.

정말 김병만은 못하는 것이 없는 달인이자, 팀을 이끄는 족장이다. 사실 '달인'이라는 단어가 친숙해진 계기는 TV 프로그램 〈생활의 달인〉을 통해서다. 김병만 역시 이 프로그램을 개그로 차용해 웃음을 건져 올렸다고 한다. 〈생활의 달인〉에 나오는 주인공들은 하나같이 아주 미세한 특정 영역에서 최고의 고수들이다. 분야는 달라도, 달인의 모든 동작은 정확하고 깔끔하고 신속하다. 봉투를 접어도, 국수를 뽑아도, 자동차 엔진 소리만 들어도, 구멍을 뚫어도, 설거지를 해도 그들의 반복된 동작에는 빈틈이 없다.

가정에서 부모가 보여 주어야 하는 모습도 그래야 하지 않을까? 가정을 이끄는 리더로서 부모는 달인이 되어야 한다. 특히 3가지 경우에서 그렇다. 즉, 부모는 자녀 앞에서 '칭찬, 소통, 기도'의 달인이 되어야 한다. 부모라는 자격은 거저 주어지지 않는 법! 자녀 양육의 달인이 되고 싶은 부모라면 시간과 노력을 들여 훈련해야 할 것이다. 특히 칭찬, 소통, 기도의 달인이 된다면, 그 자녀는 반듯하게 자라갈 것이다. 이 3가지만으로도 부모로서 절반의 성공은 확실히 보장된다.

칭찬의 달인

사회에서 일가를 이룬 아버지는 성공 지향적인 경향이 있다. 그래서 자녀에게도 무슨 일이든 '좀 더'를 주문하는 경우가 많다. 예를 들어, 수학 시험에 한 개 틀린 아들이 이렇게 말했다고 하자.

"아빠, 나 잘했지?"

이때 아빠는 이렇게 대답한다.

"그래, 그런데 다음에는 100점 맞아 봐."

칭찬을 기대했던 아들은 시무룩해진다. 하지만 아빠를 기쁘게 해 주기 위해 이번에는 100점을 맞는다.

"아빠, 나 100점 맞았어."

"그래? 다음에는 반에서 1등 해 봐."

아들이 또 노력해서 반에서 1등을 하자. 이번에는 '전교 1등'이라는 주문이 돌아온다. 똑똑한 아들은 정말 전교 1등을 차지한다.

"전국에 고등학교가 몇 개냐? 전국에서 1등 해 봐!"

이런 식으로 아들은 아버지로부터 칭찬 한 번 듣지 못하고 전국에서 1등을 차지하기에 이른다. 그는 그렇게 승승장구해서 마침내 판사가 되었다. 성취를 중시했던 아버지가 원하는 대로 100점을 맞고 반에서, 전교에서, 전국에서 1등을 차지했지만, 아들은 결국 아버지에게 마음을 열지는 못했다. 아들과 아버지 사이에는 넘지 못할 높

부모들이여, 달인이 되자

은 담이 세워졌다. 아버지는 한 번도 아들을 칭찬하지 않았다. 단지 아들에게 다음 단계를 요구했을 뿐, 아들의 성취를 기뻐하지도 칭찬하지도 않았다. 성공은 이루었지만 아들과 아버지의 관계는 껄끄러웠다. 어른이 되어서도 아들은 여전히 아버지 앞에서 주눅 들어 있었다. 이 경우, 아버지 덕분에 판사까지 된 것 아니냐고 말하는 부모도 있을 것이다. 하지만 아들은 사회에서 성공했을지언정 아버지와의 관계에서는 실패했다. 아버지와 아들 사이의 담은 다름 아닌 아버지가 높이 쌓아 올린 것이다.

아버지한테 칭찬 한 번 못 듣고 판사가 된 아들의 가까운 친구 중에는 좀 다른 아이가 하나 있었다. 그 아이는 공부를 별로 못했다. 그래도 늘 싱글벙글했다. 그가 잘하는 것은 체육 딱 한 과목. 그나마도 100점이 아닌 80점이 최고점이었고 다른 과목은 50점, 30점, 20점이었다. 아이는 성적표를 아버지에게 내밀었다. 성적표를 꼼꼼히 들여다본 아버지의 한마디.

"한 과목에만 치중하지 마라."

그 말을 들은 친구의 소감이 독특하다.

"저는 아버지의 그 말을 칭찬으로 들었어요. 형편없는 점수에 대해 타박을 한다거나 호통을 치지 않으셨잖아요. 그래서 다른 과목에도 신경을 좀 썼죠."

결국 그 친구는 의류 사업가로 성공했다. 동창회에서는 언제나 웃는 얼굴로 밥을 샀다. 칭찬받으며 자란 아들은 구김살 하나 없는 대인 관계를 이루었다.

아버지학교 프로그램 중에는 아버지에게 편지를 쓰는 시간이 있다. 아버지학교에서 만난 안정된 직장을 다니고 있던 분이 생각난다. 아버지한테 한 번도 칭찬을 들은 적이 없던 그는 자랄 때 아버지의 칭찬에 목말랐던 일을 적었다. 그러면서 아버지로부터 "어린 네가 그랬구나. 나는 잘 몰랐다. 미안하다" 같은 이야기들을 들을 줄 알았다. 그런 말을 들으면 마음에 있던 응어리가 다 풀려 나갈 것 같았다. 하지만 아버지는 전화로 예상 밖의 이야기를 건넸다.

"뭘 그리 쓸데없는 이야기를 주절주절 썼노? 일이나 열심히 하그라. 짜슥아!"

그는 전화를 끊으며 눈물을 뚝뚝 흘렸다고 말했다. 아버지한테 "미안하다"는 한마디만 들으면 모든 상처가 아물 것 같았는데, 아버지는 끝내 상처를 다시 한 번 후벼 팠던 것이다.

모든 아들은 아버지의 칭찬에 갈급하다. 물론 아들만 그런 것은 아니다. 딸도 마찬가지다. 하지만 아들과 아버지의 관계에서 칭찬은 더 필요하다. 남자 대 남자로서의 인정이 포함되어 있기 때문이다. 주변에서 들어보면, 아버지들은 대개 아들을 강하게 키우고 싶다고 말한다. 엄하게 아들을 키우고 싶어 하는 아버지들에게서는 대개 칭찬이란 요소가 쏙 빠져 있다. 그래서인지 아버지한테 칭찬받고 컸다

부모들이여, 달인이 되자

는 동년배를 만나기는 무척 어렵다. 지금 노년에 달한 아버지들과 중장년을 살고 있는 이들은 대부분 그렇다.

부모의 칭찬이 아이들의 키를 더 크게 만드는 성장촉진제라면 어떨까? 부모의 칭찬이 아이들의 영어와 수학 실력 점수를 100퍼센트 올라가게 해 주는 특수 영양제라면? 부모가 해 준 칭찬의 양에 따라 자녀가 가는 대학이 달라진다면? 부모의 칭찬 횟수가 취업과 결혼의 성공지수와 직결된다면? 아마 부모들은 만사를 제쳐두고 하루에 100번 넘게 아이를 칭찬할 것이다. 칭찬의 결과가 키처럼 눈에 보이는 결과로 나타나고, 칭찬이 영어나 수학 점수처럼 숫자로 환산되고, 칭찬의 정도가 대학 입시를 좌우하고, 칭찬에 따라 직장과 결혼이 결정된다면, 칭찬을 마다할 부모는 한 사람도 없을 것이다.

실제로 칭찬에는 그런 힘이 있다. 다만 우리 눈에 보이지 않을 뿐이다. 따라서 부모는 먼저 칭찬의 달인이 되어야 한다. 부모가 칭찬의 달인이 되어 갈수록 자녀는 달라진다. 성적도, 성격도, 성공도 모두 달라진다.

소통의 달인

"오늘 시험은 잘 쳤니? 어제 밤늦게까지 공부하는 거 보니까 안쓰럽더라. 중간고사 끝나면 아빠가 맛있는 거 사 줄게. 시험 끝나면 학원 정하는 거 다시 한 번 생각해 보자. 아빠는 그 학원 계속 다니는 게 좋을 것 같은데. 하여튼 사랑해, 우리 딸!♥♥♥♥♥"

"ㅇㅇ"

고작 "응"이 전부였다. 그것도 다 치지 않고 '이응'만 2개 찍어서 보냈다. 자녀와 이런 메시지를 주고받았던 기억이 적잖이 있을 것이다. 대여섯 줄 정성 들여 적어 보낸 메시지에 돌아오는 건 한 글자 단문이다. "네", "넵", "응" 하트를 다섯 개나 붙였는데, 하트가 한 개도 안돌아 왔다! 이럴 때 부모는 살짝 서운하다. 하지만 그래도 열심히 보내는 것이 좋다. 마음을 담아 진심으로. 그리고 아이를 만났을 때도 그 진심 그대로 말하고 행동하면 된다. 물론 이건 세상에서 가장 어려운 일 중에 하나이긴 하지만 말이다.

요즘 아이들은 스마트폰에 중독되어 있다고 해도 과언이 아니다. 친구들끼리 같이 있어도 각자 스마트폰을 한다. 귓속말은 카톡으로 대체되었다. 집에 와서 친구들과 카톡 하는 내용을 슬쩍 봐도, 마

부모들이여, 달인이 되자

주 앉아 얼굴 보고 하는 이야기만큼 영양가 있는 이야기가 오가는 것 같지는 않다. 그리고 저급한 말들과 비속어와 욕들이 주저 없이 오가는 것을 보면서 답답해질 때가 한두 번이 아니다. 차라리 운동장에 나가 땀을 흘리며 운동을 하거나, 책을 보거나, 잠을 잤으면 좋겠다 싶은데, 눈 뜨고 있는 내내 아이들은 스마트폰을 손에서 놓지 않고 계속 무언가 한다.

우리나라 학생들의 SNS 이용 실태는 과연 어떨까. 최근에 ㈜형지엘리트의 교복 브랜드 엘리트가 10대 학생 3,826명을 대상으로 '10대들의 SNS 이용 실태'에 관한 설문조사를 진행했는데, 10대 학생들 중 98.9퍼센트가 SNS를 이용하고 있는 것으로 나타났다. 또한 10대 학생들의 54.7퍼센트가 하루 10회 이상 SNS에 접속하고 있는 것으로 나타났다. 그리고 SNS를 이용하면서 54.5퍼센트의 학생들이 '스트레스를 받은 경험이 있다'고 응답한 것으로 조사되었다.

더 심각한 문제는 따로 있다. 한국청소년정책연구원의 한 연구에 따르면, SNS를 사용하면서 욕설, 놀림, 따돌림 등을 경험했다고 보고했다. 친구들과 집단적 유대감을 강화시켜 줄 것으로 기대했던 SNS가 오히려 친구들 사이에서 손쉽게 가해 도구로 변질된 것이다. 이처럼 스마트폰이란 요물은 많은 사람들 사이에서 한 사람을 '순식간에' 이상한 존재로 만들어 버릴 수 있다. 이렇게 사이버상에서 누군가를 집단적으로 따돌리거나 집요하게 괴롭히는 것 따위를 가리켜 사이버블링Cyber Bullying이라고 한다.

지금 우리 아이들은 이런 공포스러운 환경에 놓여 있다. 아이들과 소통하는 데 달인이 되려면 먼저 아이들이 처한 환경을 이해해야한다. 아이들의 스마트폰을 알지 못하고 지금의 아이들을 이해할 길은 없다. 아이들로 가는 모든 길은 스마트폰으로 통한다고 해도 과언이 아니다. 아이들이 쓰는 스마트폰 용어, 유행하는 게임, 좋아하는아이돌, 친한 친구 이름, 카톡방에서의 이슈쯤은 한두 가지 알아 둬야 한다. 그야말로 부모가 가져야 할 상식 0순위다.

그런 상식들은 아이들과의 대화의 포문을 여는 노크쯤 된다. 아이들이 열어 주는 문을 열고 들어간 다음에는, (부모 입장에서는 그다지재미없는) 아이들 이야기를 들어 주기만 하면 된다. 가르치려 들지 말고, 훈계하지 말고, 잔소리하지 말고 먼저 들어주라. 듣기 전에 자기말부터 하려 드는 부모를 아이는 '말이 안 통하는 사람'으로 생각해버리기 십상이다. 굳이 내 아이의 전부를 알겠다는 야심을 버려라. 아이들에게 '말이 통하는 사람'으로 자리하는 것이 더 중요하다. 말이 통한다는 것은 아이들과 소통의 길이 열려 있다는 뜻이다. 처음에길을 내기는 어려워도 한 번 길이 나면 다니기 쉽다.

부모들이여, 달인이 되자

기도의 달인

저녁 약속이 있어 집을 나서는 나를 배웅하러 나온 아내의 핸드폰이 울렸다. 전화를 받던 아내의 볼을 타고 눈물이 흘러 내렸다. 옆에서 지켜보던 내게 놀라움과 걱정이 동시에 밀려왔다.

"무슨 일이야?"

아내는 눈물을 훔치며 가까스로 말했다.

"몽키가 차에 치여 죽었대."

나는 아내를 꼭 안아 주었다.

"당분간 아이들한테는 말하지 말아요."

몽키는 우리가 키우던 강아지다. 작년에 우리 집에 왔는데, 그보다 먼저 키우던 통키랑 같이 키우기가 버거워 다른 가정으로 보냈다. 그 후로도 우리 가족은 가끔 몽키를 보러 갔고, 지난주만 해도 몽키는 우리 집에 와서 이틀을 지내다 갔다. 그런데 불행하게도 사고를 당한 것이다.

다음날 아침 식탁에서 새롬이가 말했다.

"통키는 뽀뽀를 잘 안 해 줘. 몽키는 뽀뽀 참 잘하는데. 아, 또 몽키 보고 싶다."

아내와 나는 마음이 아팠다. 아내에게 내가 귓속말로 말했다.

"아이들에게 몽키 이야기를 해 줘요. 놀라고 슬퍼하겠지만 가족이 함께 알아야 하고 함께 슬퍼해야 해."

아내는 용기를 내어 한 마디 했다.

"몽키에 대해 해 줄 말이 있어."

아이들은 우리 둘의 얼굴을 번갈아 보며 불안한 기색을 감추지 못했다.

"무슨 일인데? 몽키 아파?"

아내가 눈물을 흘리며 작고 떨리는 목소리로 말했다.

"어제 몽키가 교통사고로 죽었대."

아이들은 아무 말이 없었다. 그리고 각자의 방으로 들어가 소리 내어 울기 시작했다. 전혀 울지 않을 것 같던 아들 현석이마저 울고 있었다. 잠시 후 나는 아이들을 한 자리에 모이라고 했다.

"오늘은 우리에게 정말 슬픈 날이구나. 아끼고 사랑했던 몽키를 떠나보내야 했으니까 말이다. 이렇게 친구처럼 사랑했던 몽키가 갑자기 떠나는 것처럼, 사람이든 동물이든 아무 예고없이 우리 곁을 떠나는 일이 생기기 마련이야. 그렇기에 살아 있는 동안 우리는 서로 사랑하고 아끼고 한 점 부끄러움이 없는 삶을 살도록 노력해야 해. 몽키는 우리에게 기쁨과 사랑이 무엇인지 가르쳐 주고 떠났어. 이번 일로 우리 서로를 더 소중히 여기고 사랑하자."

우리는 눈물 흘리며 서로 손을 꼭 잡고 기도했다. 살아 있는 동안 더 진지하고 더 소중한 삶을 살자고 다짐했다. 이렇게 죽음이 한

부모들이여, 달인이 되자

번씩 곁에 와서 삶의 의미를 되새겨 줄 때마다 나는 생각한다. 나도 언젠가는 사랑하는 우리 아이들 곁을 떠나는 날이 오리라는 걸. 정말 내 심장보다 더 아이들을 사랑하지만, 영원한 이별은 내 힘으로 어쩔 수 없는 것이다. 지금은 내가 아이들의 보호자로서 끝없이 필요한 것을 공급하고 사랑하고 보듬어 주지만, 내가 이 지상에 없는 날, 누가 이 아이들을 맡아 줄 것인가. 아이들이 지금은 부모를 믿고 의지하며 살아가지만, 부모가 세상을 떠난 다음에는 누구를 믿고 의지하며 살아갈 것인가.

부모는 영원히 자녀의 지킴이가 될 수는 없다. 언젠가 나는 아이들을 믿고 이 세상을 떠나야 한다. 아이들은 내가 이 세상에 없더라도 나와 함께 지내던 때처럼 세상에서 씩씩하게 살아야 한다. 꼭 그럴 수 있으리라 믿는다. 이렇게 서로가 서로를 믿는 그 무엇. 그것을 가능하게 하는 것이 기도다. 부모의 진실한 기도를 알고 있는 아이들은 반드시 미래의 어느 날 그 기도를 기억한다. 부모를 기억하고, 부모가 물려준 신앙을 기억한다. 그 거룩한 울림의 한복판에 기도가 있다. 자녀를 위해 기도하는 동안 부모는 자녀의 미래에까지 자신의 존재를 심어 주는 셈이다. 부모가 기도의 달인이 된다는 것은 자녀를 사랑하는 증거이자, 비록 육신은 떠날지라도 세상 끝 날까지 자녀와 여전히 동거할 수 있는 근거다.

06

아버지라는
가정의 엔진

매가 부족한가?

중학교 3학년에 다니는 아들을 둔 아버지의 하소연이다.

"제 방에 있을 때는 문 딱 걸어 잠그고 뭘 하는지 모르겠어요. 컴퓨터 게임이나 하겠죠. 밖에 나가면 친구들 하고 노느라 제 전화나 문자는 다 씹어요. 밤 12시 넘어 들어오는 건 예삿일이 됐고요. 아주 돌아 버리겠더라고요. 정말 이 놈 하는 꼴이 맘에 드는 게 하나도 없어요. 안 되겠다 싶어서 방법을 찾았죠. 아무리 생각해도 이 놈 정신 차리게 할 방법은 딱 한 가지밖에 없더라고요. 매!"

아버지는 작심하고 아들을 매로 다스렸다. 인정사정 볼 것 없이, 이것이 최후의 방법이라는 생각에 혹독하게 매질을 했다. 저도 사람이니 이 정도면 깨달았겠지. 아버지는 그렇게 생각했단다. 하지만 그 후에 아들의 귀가 시간은 더 늦어졌다.

'매가 부족한가?'

아버지는 아들을 이해할 수가 없었다. 결론은 매가 부족하구나 싶었다. 그 정도 매로는 턱도 없었다는 생각이 들자 아버지는 대형마트로 달려가 마대 자루를 사 왔다. 그리고 새벽 2시 들어온 아들을 붙잡아 10대를 있는 힘껏 때렸다. 퍽퍽 소리가 허공을 울렸다! 통증으로 얼굴이 일그러지는 아들의 얼굴을 보면서 아버지는 생각했다.

"이제 제대로 된 것 같았어요. 정신이 번쩍 들었겠지 했다니까요. 근데 전혀 아니었어요. 다음날 아침에 보니까, 녀석이 아예 가출을 해 버렸더라고요. 정말 고민하지 않을 수 없었습니다. 때린다고 해결되는 게 아니구나 싶었지요. 우리가 자라던 시절엔 매 몇 대 맞고 나면 금방 반성하고 부모님 말씀 잘 듣고 그랬는데, 요즘 애들에겐 그런 게 안 통하는 것 같았어요. 면박 주고 체벌해서 아이를 바로잡을 수 있다고 생각한 건 제 착각이었어요. 그때 제대로 깨달았습니다."

아버지 세대는 매에 익숙하다. 돌아보면 그 시절의 매는 사랑의 매라기보다는 거의 폭력이나 학대 수준의 매타작이 교실과 가정에서 벌어졌다. 매가 통하던 시절이었다. 때리는 부모나 교사 모두, 매가 최선의 해결책이라고 믿었다. 그리고 그건 어느 정도 사실이었다. 하지만 그런 경험을 가진 세대가 오늘의 자녀들에게 같은 방법을 적용하는 데는 많은 무리가 따른다. 자녀들 세대는 부당한 체벌의 문제점이 상당 부분 수정된 분위기에서 자란 덕분에 자신감과 자존감이 이미 한껏 고양된 상태다. 이들은 이미 사랑의 매든, 폭력적인 매든 상관없이 모든 매를 받아들이지 못한다. 그런 아이들에게 난데없이 매를 들이대는 것은 지혜롭지 못하다.

이 상황은 마치 이솝우화에 나오는 햇빛과 바람의 시합을 연상시킨다. 광야를 걸어가는 사람은 두툼한 외투를 걸치고 있었다. 햇빛과 바람은 그의 외투를 놓고 내기를 했다. 누가 그의 외투를 벗길 것인가? 먼저 바람이 나섰다. 바람은 자신의 장기를 한껏 발휘했다. 피아노에서 포르테로, 강도를 점점 높였다. 하지만 바람이 거세질수록 나그네는 깃을 세우고, 허리띠를 조이고, 고개를 푹 숙이고, 잔뜩 움츠러들었다. 바람이 거세게 등을 떠밀자, 그는 아예 가던 길을 멈추고 동굴 깊은 곳으로 피신해 버렸다. 바람의 실패 후, 이번에는 햇빛이 나섰다. 햇빛은 온화한 빛으로 그의 등을 적셨다. 그는 이내 단추를 풀더니 졸라맸던 허리띠마저 풀었다. 점점 더 강한 햇볕이 내리쬐자 그는 이마에 흐르는 땀을 닦으며 외투를 벗어 배낭에 담았다. 승자는 햇빛이었다!

아버지는 자녀에게 바람 같은 폭군이 될 것인가, 아니면 햇빛 같은 성군이 될 것인가. 아버지는 아들이 마음을 열고 아버지를 바라

아버지라는 가정의 엔진

봐 주길 바랐다. 하지만 강도를 높여 가며 힘으로 밀어붙이는 것은 자녀로 하여금 문을 잠그고 자기 안으로만 파고들게 만드는 길이다. 계속 바람으로만 밀어붙이면 자녀는 바람이 아예 느껴지지 않는 깊은 동굴 속으로 들어가 버릴지도 모른다. 반대로 등을 토닥이는 온기를 불어넣을수록 자녀는 경계심을 벗고 마음을 여는 것이다.

부족한 것은 매가 아니다. 정작 부족한 것은 자녀 마음을 읽어내는 사랑과 이해다. 매로 달려가는 발은 빠르지만, 가슴에서 우러나오는 사랑은 느린 것처럼 보인다. 하지만 사랑이 답이다. 햇빛 같은 아버지의 사랑이 답이다.

불량품 내보내는 가정

아나운서 출신 백지연 씨가 쓴 『나는 나를 경영한다』는 책 제목은 매우 인상적이다. 그녀는 목표를 향해 달려가는 많은 젊은이들에게 여러 차례 따르고 싶은 롤 모델로 선정되곤 했다. 나 역시 "나를 경영한다"는 말을 참 좋아한다. 수신제가치국평천하修身齊家治國平天下에서 '수신'을 요즘 말로 바꾸면 "나를 경영한다"가 되지 않을까 싶다. 어찌 수신뿐일까? 제가도, 치국도, 평천하도 '경영'이라는 공통분모를 가지고 있다. 요즘 경영이 통하지 않는 곳은 없다. 나 자신, 가정, 국가, 세계가 모두 '경영'의 대상이다.

　가정에 무슨 경영이 필요하냐고 묻는 사람이 있을지 모르겠다. 그렇다면 가정은 경영 없이 온전할 수 있을까? 경영의 관점에서 본다면 가정을 책임진다는 면에서 아버지는 CEO다. 경영에는 반드시 책임이 따른다. 가정 경영을 잘못하면 자신은 물론이거니와 가족들도 곤경에 처하고 손해를 입는다. 이때 그 손해는 물질적인 면을 넘어 치유가 필요한 정신적인 부분에까지 이른다. 아울러 오랜 시간과 끈질긴 노력이 필요한 일이기 때문에 가정 경영은 기업 경영보다 훨씬 더 어렵다.

　이와 비슷한 이야기를 한 사람이 바로 가족 치유 전문가로 유명한 버지니아 사티어^{Virginia Satir}다. "가족은 세상을 압축해 놓은 소우주"라고 정의한 그녀의 말 중에서 "가정은 공장"이라는 표현에 나는 매우 공감했다. 경영이나 공장의 관점에서 가정을 생각하는 것은 너무 딱딱하다거나 비인간적으로 보일지도 모르겠다. 하지만 공장에서 내놓은 제품의 완성도 면에서 상상해 보면 가정을 정의한 버지니아 사티어의 표현은 정확하다고 하겠다.

　나는 책을 만드는 사람이다. 직장 생활의 대부분을 책을 만들고 유통하는 일로 보냈기 때문에 책이 만들어지는 과정을 잘 알고 있다. 더러 농담으로 출판사를 책 만드는 공장이라 부르기도 한다. 다른 제품들도 그렇지만, 책 또한 불량품이 나와서는 절대 안 되기 때문에 각 공정마다 철저한 노력과 주의가 필요하다. 그럼에도 원고 교정, 디자인, 인쇄, 제본 등등 여러 공정에서 자칫 불량품이 나올 확률이 있다. 불량품이 생기면 독자는 그 책을 외면하고 출판사를 비난한다. 결과야 뻔하다. 출판사는 곤경에 처할 수밖에 없다.

가정 역시 마찬가지다. 가정 경영을 잘못하면 가족 중 누군가는 반드시 불량해진다. 그것은 곧 가족 안에서 상처 입은 사람이 있다는 뜻이고, 그 사람이 온전한 사회 구성원으로 살아가기 힘들다는 의미다. 유감스럽게도 가정 경영이 잘못되면 자녀만 불량이 되는 것이 아니라, 부모 역시 불량한 사람들이 되고 만다. 특히 자녀의 불량이 신속히 교정되지 않으면, 그의 미래는 불량한 그림으로 그려질 수밖에 없다. 불량은 불량을 낳기 때문이다.

그러므로 가정 경영의 중심에 서 있는 아버지에게 '자기 경영'은 선택이 아니라 필수 과제다. 아버지가 바로 서야 가정이 바로 서고, 아버지가 살아나야 가정이 살아나기 때문이다.

4가지를 경영하라

가정의 중심을 바로 세우기 위해 아버지는 어떻게 자신을 경영해야 할까? 자녀들도 부부도 불량한 구성원이 되지 않게 하려면 아버지는 어떤 노력을 기울여야 할까? 혹시 지금 가정에 불량한 구성원이 있는 것처럼 보이는가? 그렇다면 아버지가 다음 네 가지 부분에서 균형을 잃었기 때문일 것이다.

먼저, 아버지는 정신적인 부분에서 건강해야 한다. 알코올 중독자인 아버지 때문에 상처뿐인 어린 시절을 기억하는 남자들을 숱하게 만났다. 한 방 인생을 꿈꾸며 불성실한 인생을 사는 아버지도 의외로 많았다. 도박과 여자에 빠져 집안을 내팽개친 아버지 사례 역시 주변에서 심심찮게 보았다. 이런 아버지들의 존재는 가족들에게 불안과 상처를 안겨 준다. 반면 경제적으로는 가난해도 건강한 정신을 가진 아버지 밑에서 자란 아이들은 인생을 살아가는 넉넉한 정신을 유산으로 물려받는다. 그런 이들은 역시 건강한 정신으로 세상을 살아가며 또 한 사람의 아버지가 된다.

둘째, 아버지는 신체적으로 건강해야 한다. 타고난 신체적 질병이나 장애는 아버지가 어찌할 수 없는 한계다. 그런데 그것이 오히려 가족을 더 단단하게 묶어 주는 조건이 될 수도 있다. 한편 아버지가 자기 관리에 실패해 가정을 망가뜨리는 경우가 많다. 술과 담배와의 우정을 가족보다 소중하게 생각해서 절대로 끊지 못하는 아버지, 운동보다는 소파를 더 사랑하는 아버지, 스트레스를 풀기는커녕 거기에 매몰되어 건강을 잃어버린 아버지들이 가족과의 소중한 시간을 미처 다 갖지 못하고 병원 신세를 지는 경우가 많다. 특히 40~50대

아버지라는 가정의 엔진

의 남성들은 고혈압, 당뇨, 심장병 같은 지병을 중년의 표식처럼 달기도 한다.

셋째, 아버지는 가정 경제를 책임져야 한다. 지당한 이야기이지만, 경제 상황이 어려워지면서 자신의 뜻과는 무관하게 놀고 있는 아버지들이 꽤 있다. 심지어는 아예 아내의 경제 활동에 의지하면서 무위도식하는 아버지들도 있다. EBS의 〈달라졌어요〉 프로그램에서 남편의 경제적 무능력이 가정불화의 근본 원인인 경우를 종종 보았다. 그런 경우, 가정에서의 아버지의 위치는 한참 구석에 몰려 있다. 특히 경제 활동에 대해 별다른 노력을 기울이지 않는 경우 문제는 아주 심각하다. 그것은 아버지로서 심각한 직무 유기다. 무위도식하는 아버지를 보며 자란 아이들에게 아버지의 존재감이 어떻게 느껴질지 처절하게 고민해 봐야 할 것이다. 더불어 큰돈을 벌어오지만 너무 바빠서 얼굴 보기도 어려운 아버지보다는 벌어오는 돈은 적지만 가정 경제를 책임지기 위해 노력하는 아버지를 보면서 자녀들은 더 많은 것을 배울 것이다.

넷째, 아버지는 정서적으로 가정을 경영해야 한다. 아버지가 집에 들어오면 거실에 있다가도 아이들이 일사불란하게 자기 방으로 들어간다. 그 빠름이란 빈 방에 불을 켰을 때 신속하게 도망치는 바퀴벌레 같다고나 할까? 좀 뼈아픈 비유이긴 하지만, 그런 순간을 경험해 본 아버지들은 그 씁쓸한 뒷맛을 잘 알 것이다. 자녀들이 아버지를 거부하고, 아버지는 소통의 길을 잃어버린 대표적인 장면이다. 자녀들의 마음은 닫힌 지 오래다. 자녀들에게 아버지란 밖에서 일하는 사람, 바쁜 사람, 자신에게 관심이 없는 사람, 돈 벌어오는 사람으로 각인되어 있다. 그런 이미지를 심어 둔 아버지는 가정의 정서적 경영 점수가 0점이다.

많은 아버지들이 경제적인 부분에만 집중해 가정을 경영하려는 경향이 있다. 물론 그것도 중요하다. 그러나 거기에만 집중하는 것은 실패가 예정된 경영이다. 가정은 기업이 아니기 때문이다. 정신적, 신체적, 경제적, 정서적인 부분에서 가정 경영은 균형 있게 이루어져야 한다. 그 균형 잡기가 몹시 어렵다. 노력과 훈련이 필요한 것도 당연하다. 아버지학교에서 가정 경영 원리를 배운 한 경찰서장은 그동안 수많은 교육과 훈련을 받았지만 가정에 대한 공부는 해 본 적도, 교육을 받아 본 적도 없다고 토로했다. 수많은 아버지들이 가정 경영에 성공하지 못하고 휘청거리는 이유가 바로 여기 있다. 많은 아버지들이 직장이나 사업에 쏟는 에너지를 가정으로 돌린다면, 무너지는 가정이 현격하게 줄어들 것이다.

많은 아버지들은 건전지가 완전히 방전된 상태에서 가정에 복귀한다. 그때는 이미 가정에 쏟을 에너지가 바닥난 상태다. 그러므로 세상의 아버지들에게 제안하고 싶다. 밖에 나가 활동하는 데 자신이 가진 에너지의 100퍼센트를 모두 쓰지 말라. 70퍼센트만 써라. 나머

아버지라는 가정의 엔진

지 30퍼센트는 가정을 위해 써 보라. 그것은 곧 가정을 행복하게 만드는 씨앗을 뿌리는 일과 같다. 성공적인 가정 경영을 위해 아버지가 가진 에너지의 효율적인 분배는 선택이 아니라 필수다.

07

아버지 자격증
있으세요?

아버지 자격증

자동차를 몰려면 운전면허를 따야 한다. 도로교통법을 공부하고, 학원에 가서 연습하고, 도로에 나가 실기 시험을 봐야 한다. 한편 부동산중개사 자격증을 따려면 학원에 다니고 관련 법령들을 달달 외워야 한다. 요리사도 마찬가지다. 한국요리사 자격증을 만들기 위해서는 수십 가지의 요리법을 익히고 규정에 따라 썰고 맛내고 담아내야 한다. 어떤 자격증이든 내 이름 석 자가 박힌 자격증을 손에 넣으려면, 공부하고 실습해 보고 학원도 다니고 경우에 따라서는 재수도 해야 한다.

일단 자격증을 따면 그 분야의 전문가가 되고, 큰 사고를 치지 않는 한 그 자격을 평생 유지할 수 있다. 자격증은 그 분야에서 요구하는 최소한의 기준을 만족시키면 얻을 수 있다. 자기가 하고 싶은 한 가지를 전문가답게 해내는 데 있어서 자격증은 필수다. 자격증을 요구하는 까닭은 어느 개인 또는 사회에 피해를 주지 않으려는 데 그 목적이 있다. 그래야 문제가 안 생긴다.

그런데 두고두고 생각해도 이상한 점이 있다. 왜 부모 자격증은 없을까? 부모 자격증이란 말은 한 번도 들어보지 못했다. 세상에 부모만큼 중요한 자격이 또 있을까? 하지만 아무도 그 자격을 따서 부모가 되지는 않는다. 자격증이 없어서 그럴까? 사람들은 너무 쉽게 부모가 되고, 여러 사람들이 평생 그 후유증으로 고통당한다.

결혼을 앞둔 남자와 여자는 말한다. "너무 정신이 없어." 정말이지 할 일이 너무나 많다. 결혼식장을 예약하고, 결혼 예복을 준비하고, 살 집을 찾고, 신혼여행을 계획하고 청첩장을 돌리고 살림을 장만하는 등, 거의 몇 달 동안 결혼 준비로 눈코 뜰 새 없다. 그런데 곰곰 따져 보면, 이 모든 분주함은 결혼식을 위한 것이지 결혼 생활을 위한 것은 아니다. 그들은 남편과 아내가 될 준비는 거의 하지 않는다. 연애나 결혼이 남편과 아내의 안정감을 전혀 보장해주지 않는데도 말이다.

결혼 후에는 보통 금세 부모가 된다. 남편과 아내로서 해야 할 기본 공부도 안 하고 부부가 된 이들이 부모가 되기 전에 부모 공부를 하는 일은 매우 드물다. 이 아이를 어떻게 키워야 하는가에 대한 이해가 전혀 없다. 이에 대한 고민이라고 해봐야 언제 무엇을 가르쳐야 남들에게 뒤처지지 않을까 하는 것이 고작이다.

아버지학교에서 만난 분들 중에는 좋은 아버지들도 많지만, 그렇지 않은 아버지들 역시 많다. 그들은 대개 두 종류로 나뉜다. 아버지로부터 받은 상처를 고스란히 안고 있는 아버지, 아니면 자녀들에게 상처를 주고 있는 아버지. 또 두 모습을 동시에 갖고 있는 경우가 많다. 좋은 아버지를 보지 못하고 자란 아들은 어른이 되어 아버지가 되었을 때 그의 전철을 밟지 않으려고 애쓰지만, 가슴 아프게도 자신에게 상처 준 아버지를 빼다박기도 한다.

아버지학교에 참석한 한 아버지의 고백이다. 그는 여느 때처럼 출근을 서두르며 안방의 거울을 보다가 깜짝 놀랐다. 거울 속에서 마주친 얼굴은 바로 자기 아버지의 얼굴이었다. 그의 독백이 서늘하다.

"아버지, 아직 멀리 못가셨군요."

중년이 된 자신의 얼굴에는 아버지가 있었다. 아버지가 그대로 자신 속에 남아 있었던 것이다.

치유 되지 않는 상처는 대물림 된다

"아버지는 매일 술을 드셨어요. 술만 마시면 허구한 날 엄마를 때리고, 우리를 때리고, 가재도구를 때려 부수는 게 일이었죠. 하루도 맘 편할 날이 없었습니다. 제 기억 속에 아버지는 그렇게 술 마시는 아버지, 엄마와 우리를 때리는 아버지, 난동을 부리며 술주정하는 아버지예요. 정말 아버지 생각하면 진저리가 납니다. 절대로 아버지처럼 되지 않겠다고 다짐했죠. 아버지가 너무 끔찍했거든요. 세월이 흘러 저도 아버지가 되었어요. 그런데 제가 지금 여기 와 있어요. 저도 모르는 사이에 그렇게 끔찍히도 싫어했던 아버지가 되어 있었던 거죠. 이 자리에 있는 제가 정말 혐오스럽습니다."

끝내 울먹이고 만 그를 만난 곳은 육군 교도소였다. 아버지처럼 되지 않겠다고 결심했지만, 그는 아버지처럼 폭력을 휘두르는 사람이 되어 있었다. 아버지를 부인하며 살았지만, 자신도 모르게 아버지처럼 살다가 군 생활을 하던 중 철창신세를 진 것이다.

안타깝게도 그와 비슷한 사례를 아주 많이 보았다. 어렸을 때 폭력을 당했거나 폭행 상황을 자주 목격한 사람은 그렇지 않은 사람보다 폭력적인 사람이 될 확률이 3배 이상 높다고 한다. 폭력은 학습되기 때문이다. 마음에 치유되지 않은 상처를 그대로 안고 살기 때문에 자신이 그렇게 혐오하던 아버지의 전철을 밟는 것이다. 심리 전문가들은 이것을 '증오적 동일시'라고 말한다. 자신이 치유되는 과정을 거치지 않으면 스스로 미워했던 대상과 같아지는 것이다.

폭력이란 과정이 생략되는 것이다. 원인과 결과 사이에는 과정이 있게 마련인데, 폭력이란 원인에서 결과로 직행해 버린다. 폭력을 떠올리면 주로 신체적인 폭력을 생각하지만, 실제로 일상에서 신체적인 폭력보다 더 비일비재하게 일어나는 것은 정서적 폭력과 언어적 폭력이다. 특히 무관심은 대표적으로 꼽을 수 있는 정서적 폭력이다. 아버지가 아이들을 무시하는 것, 인정하지 않는 것도 폭력이다. 정서적 폭력은 소리 없이 강한 상처를 남기는 것이 특징이다.

언어적 폭력 또한 아버지가 자녀들에게 흔히 저지르는 폭력이다. 거리에서 두 행인이 한 여학생을 보며 "너무 못생겼다!"고 비난했다고 치자. 여학생은 그 소리를 듣고 "별 이상한 사람 다 보겠네" 하면서 무시할 수 있다. 그냥 그날 하루 재수 없었다고 생각하고 곧 잊어버린다. 그런데 부모나 가까운 친구들이 똑같은 말을 하면 사정이 달라진다. 가족이나 친구처럼 가까운 사람으로부터 "넌 왜 그 모양이니?", "이런 바보 멍청이 같으니라고," "누굴 닮아 이렇게 못생긴 거야?"라는 소리를 들었다면, 그건 당사자에게 '사실'이 된다. 설령 그것이 사실이 아니더라도, 그 말을 사실로 받아들인다. 전문가들은 이것을 '확인된 정체감'이라고 표현한다. 평생 그 말은 그 사람 안에서 따라다닌다.

아버지 자격증 있으세요?

언어적 폭력은 신체적 폭력 못지않게 심각한 후유증을 남긴다. 다만 상처가 눈에 보이지 않을 뿐이다. 보이지 않기 때문에 상처는 오래오래 남는다. 언어적 폭력이 남긴 상처는 대개 치유되는 데 상당한 시간이 소요된다. 오죽하면 '입술의 30초가 가슴에 30년 된다'는 말이 있을까? 아니 평생의 시간이 소요되더라도 치유되지 않는 경우가 허다하다.

자격증보다 더 좋은 훈장

아버지학교에 입학한 이들 중에는 신체적인, 정서적인, 언어적인 팩트 폭력의 희생양이었거나, 아니면 그 폭력을 행사하는 당사자인 경우가 드물지 않다. 다행스러운 것은, 적어도 아버지학교의 문을 두드린 사람들은 자신이 안고 있는 폭력의 문제를 직시할 마음의 준비가 되어 있다는 점이다. 그들은 아버지학교를 거쳐 새로운 아버지가 되기를 소망한다. 이렇게 상처 많은 아버지들이 있는가 하면, 아버지학교에 문을 두드린 사람 중에는 고개를 좀 뻣뻣하게 쳐든 사람도 있다. 나도 그들 중 한 사람이었다.

1998년 아버지학교가 우리 교회에서 열렸다. 자발적으로 참여하긴 했지만, 집사로서 참석해야 한다는 의무감이 절반이었다. 그곳에 등록을 하면서 속으로는 솔직히 이런 생각을 했었다.

'부부싸움 크게 하지 않지, 술 담배 안 하지, 밥 굶지 않을 정도
로 돈 벌어다 주지, 집에서 큰소리치는 일 없지…. 이 정도면 난 괜찮
은 아버지 아닌가? 나 같은 사람은 아버지학교에 다닐 필요가 없어.
나 정도면 뭐 훌륭하지. 나보다 더 잘하는 아버지 있으면 나와 보라
고 그래. 내가 아버지에 대해 뭘 더 배울 게 있겠어?'

요즘에 이런 걸 두고 근자감(근거 없는 자신감)이라고 말하는 걸
봤다. 하지만 진심으로 그렇게 생각했다. 아무리 뜯어봐도 아버지란
나의 존재, 남편이란 나의 모습에는 별 허점이 없어 보였다.

하지만 그런 생각은 첫날 완전히 무너졌다. 아버지상에 대한 재
정립이 반드시 필요하다는 사실을 절감했다. 나보다 월등히 괜찮은
아버지들이 있었고, 한마디로 엉망으로 살아온 아버지도 있었다. 두
살 때 아버지가 돌아가셨기 때문에 나에게는 애초부터 아버지상이
없었다. 당시에 결혼 11년차였던 나는 그저 이렇게 하면 괜찮겠지
하면서 스스로 아버지와 남편의 모습을 찾아가고 있었다. 아버지에
대해 독학한 셈이다. 그리고 독학이 남긴 빈 구멍을 아버지학교에서
채워 가며 진정한 아버지의 역할과 존재 의미 등을 배우며 익혔다.

충격적이었던 것은 아버지학교 스태프들이었다. 이것이 지금도
내가 아버지학교에서 일하는 가장 중요한 동기가 되었다. 아버지학
교 스태프들의 섬김은 감동 그 자체였다. 어쩌면 프로그램보다 그 섬

아버지 자격증 있으세요?

김을 통해 더 많이 배운 것 같다. 강의는 있지만, 그들은 강의를 직접 행동으로 실행하고 있었다. 단정함과 예를 갖춘 태도, 한 사람에 대한 깊은 배려와 관심, 진심에서 우러나온 섬김과 기도는 진정한 아버지상이 무엇인지 보여 주었다. 어디에서도 그런 대접과 섬김을 받아본 적이 없다. 그들의 섬김을 보면서 진정한 리더십은 섬김에서 나온다는 사실을 확인했다. 나도 그들처럼 다른 아버지들을 섬기고 싶었다. 아버지에 대한 강의는 4주로 끝났지만, 그 후로 여러 아버지들을 섬기며 배우는 아버지학교를 나는 지금도 다니고 있다.

아버지는 자녀의 인생에 가장 큰 영향을 미치는 존재다. 자녀는 흡수하듯 아버지의 면면을 닮아 간다. 아버지가 어떤 모습으로 사느냐에 따라 자녀의 인생도 달라진다. 이것이 바로 좋은 아버지가 되기 위해 끊임없이 노력해야 할 이유다. 아버지들은 아버지학교에서 평생 처음으로 '좋은 아버지'가 되기 위한 공부를 한다. 그러면 먼저 아버지가 달라지고, 아이들이 달라지고, 가정이 달라진다. 이 작은 움직임이 파괴된 수많은 가정들의 고통으로 신음하는 사회의 변화로 이어질 것이라 믿는다.

새로운 아버지로 거듭나기 위해 공부를 열심히 한다고 해서 아버지학교에서 아버지 자격증을 주지는 않는다. 다만, 변화된 삶이 빛나는 훈장으로 주어진다.

08

자녀는
보고 있다

아버지의 묘비명

주일학교에 다닐 때 했던 성탄절 공연이 가끔 생각난다. 아무
것도 모르는 철없던 시절, 선생님이 써 주신 대본대로 움직였던 어설
픈 연극 한 편, 〈아버지의 묘비명〉. 초등학교 어린 아이가 인생에 대
해 하나도 모르면서 요즘 말로 하면 '영혼 없는' 연기를 했던 것 같
다. 그럼에도 당시의 연극 내용이 살아온 날들과 살아갈 날들을 생각
할 때마다 떠오르는 것을 보면 매우 의미 있었던 것 같다. 내용은 아
주 간단하다.

시골 마을에 구두쇠 아버지가 있었다. 그는 혼자만 잘 먹고 잘 살면 된다고 생각하는 아버지였다. 어려운 사람이 이웃에 있어도 돌보지 않고, 자기만 아는 고약하고 인색한 아버지. 그런데 그 아버지가 갑자기 죽게 되었다.

'좀 더 교회 열심히 다닐 걸, 좀 더 이웃을 사랑할 걸, 좀 더 아이들에게 잘해 줄 걸….'

이렇게 '~걸'로 끝나는 후회만 잔뜩 하면서 아버지는 저세상으로 떠났다. 아버지는 유언도 한마디 남기지 않았다. 자식들은 모여서 회의를 했다. 묘비에 어떻게 적을까 머리를 맞댔다. 아버지는 다른 사람을 도운 적도, 착한 일을 한 적도 없었다. 마을 사람을 사랑한 것도 아니고, 자식들을 각별하게 챙기지도 않았다. 그저 아버지는 혼자만 잘 먹고 잘 살다 죽은 것이다. 자식들은 고민하다가 묘비명으로 적을 내용을 결정했다.

'먹다 죽다.'

시골 교회 성탄절에 주일학교 아이들 연극에서 무슨 선한 일이 나올까 싶은가? 내용이 우스꽝스러운가? 그러나 주변을 둘러보면 이 어설픈 연극처럼 실제로 '먹다 죽다'라는 묘비명을 쓸 수밖에 없는 인생들이 아주 많다. 자녀들 가슴에 아버지는 그냥 먹다가 죽은 인생으로 남았을 뿐이다. 누군가를 위해 희생한 적도 없고, 사랑한 적도 없는 아버지는 그냥 자기 자신만의 인생을 겨우 살다간 것이다. 그런 아버지를 잃은 자녀들은 과연 아버지를 얼마나 그리워할까? 오죽했으면 묘비명에 "먹다 죽다"라고 적었을까? 물론 이것은 연극이라 현실을 풍자한 것이긴 하지만 말이다.

생각해 보자. 자녀들은 내 묘비명에 무엇이라고 적고 싶을까? 그런 상상을 할 때면 순간 숙연해진다. 아이들에게 생각 없이 던진 말들과 행동들이 주마등처럼 스쳐 지나간다. 사랑하라고 수없이 말했지만, 정작 아이들은 '사랑하다 가신 아버지'라고 묘비명에 적어줄까? 많이 베풀고 살라고 늘 강조했는데, 아이들은 '베풀며 살다 가신 아버지'라고 기억할까? 섬김을 최고의 덕목이라고 가정예배 때마다 설교했는데, 아이들은 나를 그리워할 때 '섬김의 아버지'라고 말해 줄까?

"자녀는 아버지의 등을 보고 자란다"는 일본 속담이 있다. 나를 포함해서 많은 아버지들이 아이들 앞에서 좋은 말들을 수없이 한다. 어떤 사람이 되어야 하는지, 어떤 신앙을 가져야 하는지, 어떻게 해야 성공하는지, 진정으로 아름다운 삶은 어떤 것인지 잔소리 아닌 잔소리를 늘어놓는다. 하지만 그것은 말일 뿐이다. 자녀들은 아버지의 말이 아니라 행동을 기억한다. 아버지의 행동을 아버지 그 자체로 받아들인다. 내 아버지가 착하고 좋은 아버지로, 성실한 사회인으로 살아가는지 자녀들은 지켜본다. 역경과 위기에 처했을 때 아버지가 선

자녀는 보고 있다

택한 삶의 방식을 자녀들은 기억한다.

　　그러므로 아버지로 살아가는 삶은 자신만의 것이 아니다. 자녀들의 삶과 연결되어 있다. 아버지의 삶은 자녀들의 삶으로 흘러들어간다. 누구의 인생이든, 아버지와 자녀가 함께 살아간다는 사실을 기억하라.

가족을 불행하게 만드는 이유

　　"먹다 죽다"라는 묘비명의 연극이 가능했던 것은, 그 시절이 지독히 가난한 시절이었기 때문일지도 모른다. 배고픈 시대의 아버지들에겐 그저 잘 먹고 사는 것이 최고의 목표였을 수도 있다. 하지만 21세기의 아버지들은 "먹다 죽다"가 아닌, "바쁘다 죽다" 유형에 더 가깝다.

　　영국의 동화작가 앤서니 브라운^{Anthony Browne}이 지은 그림책, 『고릴라』에는 너무나 바쁜 아빠와 동물원에 가서 고릴라를 보고 싶은 딸 한나가 등장한다.

　　"아빠는 한나가 학교에 가기도 전에 출근했어. 퇴근해서도 일만 했지. 한나가 말을 걸려고 하면, 아빠는 '나중에, 지금 아빠는 바빠.

내일 이야기하자' 하고 말했어. 하지만 그 다음 날에도 아빠는 너무 바빴어. 아빠는 '지금은 안 돼. 토요일 날 어때?' 하곤 했지. 하지만 주말이 되자 아빠는 너무 지쳤어. 아빠와 한나는 아무것도 함께 할 수 없었어."(『고릴라』, 비룡소 , 3~5쪽)

앤서니 브라운은 현대 사회가 안고 있는 고질적인 문제들을 잘 풀어내는 세계적인 그림책 작가다. 그가 제시한 가족의 풍경은 우리의 일상이다. 주중에는 너무나 바빠서 자녀들과 대화도 나눌 수 없는 아버지, 그래서 주말에는 집에서 푹 쉬고만 싶은 아버지이다. 그런데 아빠 손을 잡고 동물원에 가서 세상에서 가장 좋아하는 고릴라를 보고 싶은 딸 한나는 이렇게 말한다.

"난 아빠가 세상에서 가장 좋아. 아빠는 아무리 바빠도 나랑 놀아 줘. 아빠하고 난 극장에 가서 영화도 보고 멋진 레스토랑에 가서 외식도 하고 아빠 발등에 올라타서 아빠 허리를 꼭 끌어안고 같이 춤도 추곤 해. 그리고, 그리고… 동물원에 가서 내가 가장 좋아하는 고릴라도 본다고 약속했어. 오늘은 내 생일이야. 아빠하고 같이 동물원에 가기로 했어. 동물원에 가서 고릴라한테 외칠 거야. '아빠 만세.'"

이 그림책을 읽으면서 마음이 짠했다. 초등학교 2학년인 한 학생의 독후감은 앤서니 브라운이 그려 낸 세계가 그림책의 세계가 아닌 현실의 세계임을 보여 준다.

"우리 아빠도 한나 아빠처럼 많이 바쁘십니다. 외국으로 한 달 동안 출장을 가서 자주 못 볼 때도 있습니다. 나도 아빠와 함께 놀이 동산에 가서 신나게 놀고 싶습니다. 나는 우리 아빠가 아무리 바빠도 우리와 잘 놀아 주셨으면 좋겠습니다."

아버지들이 정말 바쁜 것은 사실이다. 정말 눈코 뜰 새 없이 뛰고 또 뛴다. 안쓰러울 정도로 일에 몰입한다. 직장인이든, 자영업자든 살아남기 위해, 성공하기 위해 뒤돌아보지 않고 달린다. 요즘같이 장기적인 불황에는 더욱 그렇다. 그 '뒤'에는 가족도 포함되어 있다. 아버지들은 말한다.

"이게 다 가족을 위해서 그런 겁니다."

그러나 과연 가족들은 그렇게 바쁘기만 한 가장, 남편, 아버지를 원할까? 가족보다는 바깥일을 1순위에 둔 채 앞만 바라보며 달려온 한 아버지의 고백을 들어 보자. 아버지학교를 마친 한 형제의 간증이다.

> ### 〈어느 아버지의 고백〉
> 행복한 가정을 만들기 위해서는 일과 성공이 먼저라고 생각했습니다. 가족은 언제든지 함께 할 수 있지만 성공은 지금이 아니면 잡을 수 없다고 생각했습니다. 세상 욕심에 눈이 먼 때였습니다. 하지만

성공이 그리 쉽지는 않았습니다. 경기 침체로 일이 줄고 회사 운영이 어려워지자 언제부턴가 사람을 만나는 것이 싫어지고 혼자 술마시는 것이 좋아졌습니다. 술에 취해야만 답답한 현실을 잊을 수있었기에 습관적으로 술을 마셨습니다. 제가 지쳐 가듯 아내와 아이들도 서서히 지쳐 갔습니다.

아내는 술병만 봐도 경련을 일으킬 정도였습니다. 건강에 대한 걱정이 짜증으로 변했고, 술에 대한 불만이 분노로 변해갔습니다. 엎친 데 덮친 격으로 큰아이도 변해 갔습니다. 예의 바르고 말 잘 듣던 아이가 일진이라는 친구들과 어울리기 시작했습니다. 착하고 순수했던 모습은 어디에서도 찾아볼 수 없었고 자기 일에 참견 말라며 아내에게 대들기 시작했습니다. 저에게도 말대꾸를 하며 항상 불만에 쌓여 있었습니다. 작은아이는 저와 아내, 큰아이와의 갈등 사이에서 눈치 봐 가며 조금씩 자존감을 잃고 있었습니다. 하지만 아무도 눈치채지 못했습니다.

어느 날 작은아이 담임 선생님이 아내를 학교로 불렀고 수업 시간에 그린 그림 설명을 해주셨다고 합니다. 그림에는 거실에서 대자로 누워 "야, 물 떠 와, 컴퓨터 켜 놔"라고 소리치는 형, 부엌에서 설거지하는 엄마의 뒷모습, 작은방에서 술을 마시며 리모컨으로 채널을 돌리는 아빠의 모습이 있었습니다. 그리고 도화지 구석에는 손톱보다 작게 자기 모습을 그렸습니다. 선생님은 작은아이가 형

자녀는 보고 있다

에게 많이 억눌려 있고, 자존감이 너무 낮아 걱정이 된다고 하셨답니다.

평소에 "아빠, 축구해요" 하면 저는 "응, 내일!"이라고 말했습니다. "아빠, 목욕가요!" 하면 "응, 다음에!"라고 외쳤고, "아빠, 같이 낚시 가요!"라고 청하면 "위험해. 더 크면!"이라고 대답했습니다. 정말 무성의한 대답만 했습니다. 아이들은 제게 아빠가 되어 달라고 외치고 있었습니다. 아내는 제게 남편이 되어 달라고 소리치고 있었습니다. 그러나 저는 그 소리를 듣지 못했습니다. 성공이 가정의 행복이라 믿고 달려왔던 저는 가족의 아픔을 알지도, 느끼지도 못했습니다.

형제의 간증을 들으면서 모두들 고개를 끄덕였다. 눈물을 훔치는 아버지도 제법 있었다. 그 이야기가 자신의 것과 크게 다르지 않았기 때문이다.

유감스럽게도 아버지학교에서 이런 간증을 흔히 듣는다. 그만큼 많은 가정이 깨어져 있고, 아버지들이 제 역할을 해 오지 못했다는 의미다. 감추고 있던 마음속을 조금만 열어 보면, 누구에게나 이런 깨어진 가정의 편린들이 쏟아져 나온다. 아버지들은 누구보다 열심히 가족의 행복을 위해 달려왔다. 그러나 그 사이 가족들은 전혀 행복하지 않았다. 대체 어디서 잘못된 것일까? 젊었을 때는 누구보다 행복한 결혼과 가정을 꿈꾸며 살 자신이 있다고 말한다. 그러나 어느 순간 그 소박한 포부는 이런 독백으로 바뀌어 있다.

"이제 행복은 강 건너 남의 이야기야. 행복은 나와는 상관없는 일인 것 같아."

그러나 포기하기에는 아직 이르다. 아버지의 변화에 따라 더 행복하게 회복되는 가정들을 우리는 깨어진 가정보다 더 많이 만났다. 행복은 상황에 어떻게 대응하는가에 달려 있다. 인생에 리허설은 없다. 인생은 연습 없는 실전의 연속이다. 아버지의 지금 역할을 보류하거나 연기할 수 있는 정당한 이유는 없다. 지금, 아버지로 사는 모습을 자녀들이 보고 있다. 자녀들과 아내에게 '언제나 바쁜' 아버지와 남편으로 기억되는 것은 가장 불행한 경우다. 지금 달라지지 않으면 "바쁘다 죽다"라는 묘비명이 적힐지도 모른다. 세상의 아버지들은 어떤 묘비명 앞에 잠들 것인지 매일 밤 잠들기 전에 고민해야 할 것이다.

자녀는 보고 있다

09
—

어느 중학생의
절규

알고 싶어요, 엄마와 친해질 방법

강의를 나갔다가 당혹스러운 질문을 받은 적이 있다. 김포의 어
느 중학교에서 학생들을 상대로 "비전을 품으라"는 주제로 강연하
던 중이었다. 예상외로 아이들은 강의에 집중해 주었다. 1시간짜리
강의를 마친 후 아이들의 속마음을 위로해 주고 싶었다. 요즘 아이들
치고 공부에 대한 압박, 부모와의 갈등을 겪지 않는 아이들이 없으니
까. 그래서 물었다.

"요즘 너희는 뭐가 제일 힘드니?"

그때 뒤쪽에 있던 어느 남학생이 손을 번쩍 들었다.

"선생님, 저는 정말 엄마랑 친하게 지내고 싶어요. 그런데 방법을 전혀 모르겠어요. 어떻게 하면 엄마랑 친해질 수 있는지 방법 좀 알려 주세요."

거기 있던 학생들이 다들 어이없다는 듯 낄낄대고 웃었다.

"넌 그것도 모르냐?"

"이리 와. 내가 알려줄게."

"그런데 나도 몰라!"

"나도 그래!"

아이들은 잠시 옥신각신하며 서로의 생각을 나누었다. 처음에는 까불며 농담하듯이 성의없는 이야기들을 했지만, 점점 "나도!"의 반응이 많아지면서 대체로 그 친구의 질문을 수긍하는 분위기였다. 그런데 갑자기 질문을 했던 아이가 울기 시작했다. 남학생이었는데 그 아이는 엉엉 소리를 내면서 울었다. 그 아이가 너무나 안타까웠다. 얼마나 힘들면 저렇게 소리 내어 울까? 한번 터진 울음은 쉬 잠잠해지지 않았다. 그 질문은 장난이 아니었다. 그 아이는 정말 간절했던 것이다. 친구가 그 많은 학생들 앞에서 펑펑 눈물을 흘리자 아이들도 금세 숙연해졌다. 그것은 짙은 공감의 또 다른 표현이었다.

"여러분의 친구가 질문을 했어요. 엄마랑 친해질 수 있는 방법을 알고 싶다고. 자, 여러분 중에 자기만의 방법이 있다면 말해 보세요. 자, 말해 줄 사람?"

어느 중학생의 절규

"..."

"저도 알고 싶어요."

"나도요!"

"알려 주세요."

슬프게도 대답해 주는 사람이 아무도 없었다. 나는 질문한 학생을 앞으로 나오라고 했다. 그리고 그 아이 어깨를 포근하게 안아주며 말했다.

"엄마랑 친해지는 방법이 알고 싶다고 했지? 그럼 지금은 엄마랑 안 친하다는 말이구나. 엄마랑 어떻게 지내는데 안 친하다고 생각하는 건지 말해 줄 수 있니?"

"저는 학교가 끝나면 바로 학원으로 가요. 요일마다 가는 학원은 다르고요. 하루에 5개 정도 가요. 학원 한 군데 빠지거나 학원 시험 잘 못 보면 엄마한테 뒈지게 혼나요. 그럴 때 엄마가 친엄마가 아니라 계모라는 생각이 들어요. 그러다가 시험 한 번 잘 보면 엄마는 '우리 아들 최고!'라고 완전 기분이 좋아져요. 제가 시험 잘 볼 때만 그래요. 너무너무 기분 좋아하는 엄마는 마치 미친 사람 같다는 생각이 들 정도예요. 내가 시험 잘 볼 때랑 못 볼 때랑 엄마의 모습은 완전 달라요. 그래서 이런 두 얼굴을 가진 엄마를 정말 이해 못하겠어요. 엄마랑 이야기도 하고 싶고 잘 지내고 싶은데 어떻게 해야 할지 전혀 모르겠어요."

안타까웠다. 아이의 속마음은 얼마나 아플까? 얼마나 갈급했으면 저렇게 나와서 털어놓았을까? 아이의 용기에 박수를 보내고 싶었다.

부모는 아이를 잘 키우고 싶다. 그러나 그 욕망을 따라 직진만 하다 보면 이렇게 아이들의 속이 곪아터진다. 아이 잘되라고 하는 엄마의 지나친 선택과 열정은 오히려 아이를 해칠 수 있다. 엄마 때문에 마음이 멍들어 가는 아이는 엄마만 생각하면 "숨이 막힌다"고 말한다. 부모가 자기 감정대로 아이를 대하다 보면 이런 일이 생긴다. 주변에서 흔히 보는 경우다. 부모에게는 오직 '공부를 잘한다/못한다', '성적이 좋다/나쁘다'의 기준만 있다. 그 기준에 따라 아이를 대하다보니 아이는 공부가 인생의 전부인 것처럼 생각한다. 그래서 아이는 진정한 행복이 무엇인지 알 수가 없다.

나비가 될 때까지

울먹임을 그치고 엄마와 안 친한 현재를 털어놓은 아이를 보면서 착잡했다. 엄마와 친해지고 싶은 속마음을 가진 이 많은 아이들에게 어떤 답을 주어야 할까? 하나님께 지혜를 구하며 입을 열었다. 요약하면 대충 이런 내용이었다.

　　　　　　　　　　　　　어느 중학생의 절규

'모든 엄마들은 자녀를 키울 때 사랑으로 키운다. 그 사랑은 가끔 넘치기도 하고 엉뚱한 방향으로 흐르기도 한다. 엄마들은 자녀들을 바라볼 때 기대감을 가진다. 그런데 자녀들이 언제나 그 기대를 채워 주는 것은 아니다. 그럴 때 엄마들은 속상해 한다. 아마 여러분도 속상하다고 하는 엄마 말을 들은 기억이 있을 것이다. 여러분도 이렇게 됐으면 하는 것들이 안 될 때 기분이 안 좋고 속이 상하고 그럴 것이다. 아마 엄마도 그랬을 것이다. 자녀가 이 정도까지 되어 주면 좋겠는데 결과가 그렇게 안 나오니까 그랬던 것 같다. 하지만 엄마의 본심은 다르다. 여러분을 사랑하는 마음으로 가득 차 있다. 여러분은 그것을 믿고 알아야 한다. 엄마와 친해지는 방법의 시작을 이렇게 하면 어떨까? 엄마가 차분하게 있을 때 엄마에게 다가가 '엄마, 이런저런 것들 때문에 정말 힘들어요'라고 말해 보라. 그렇게 고백한다면, 분명히 엄마도 여러분이 힘들다고 말한 것들을 진지하게 생각해 볼 것이다.'

질문한 아이는 차분한 표정으로 내 이야기를 들었다. 몇몇 친구들은 뭔가를 끄적였다. 여전히 닦달하는 엄마가 생각났는지 어떤 아이들은 한숨을 쉬었다. 인생의 사계절이 있다면 중학교 시절은 봄에 해당한다. 그것도 4월의 봄이다. 세상에서 가장 아름다운 빛깔로 새순이 통통하게 오르는 시절이다. 봄은 씨앗으로부터 시작된다. 들판의 농부들은 밭을 고르고 거름을 넣으면서 파종을 준비한다. 인생의 봄에, 아이들은 씨앗을 뿌리는 농부와 같다. 씨앗을 잘 뿌리고 잘 가꾸는 일이 봄의 농부가 하는 일이다. 성실한 봄을 보낸 농부의 여름은 초록빛으로 무성해질 것이다. 봄의 농부들인 중학생이 하는 일은 자신이 좋아하는 분야를 찾고, 최선을 다해 공부하는 것이다. 가끔 꿈이 뭐냐고 물으면 대기업에 들어가서 임원이 되겠다고 말하는 아이들을 종종 만난다. 왠지 그런 식의 구체적인 꿈은 너무 조급해 보인다. 선한 일을 위해 살면서 꿈을 가지고 행복하게 사는 일이 성공이라고 믿으며 공부하는 편이 어울린다.

한편, 꿈을 찾지 못한 자녀들에게 부모의 시각에서 꿈을 지정해 주는 경우도 심심찮게 만난다. 부모의 최선과 아이의 최선이 충돌하는 소리가 제법 크게 들린다. 그런 부모들은 자녀를 자신의 소유라고 생각하는 경향이 있다. 하지만 그것은 아주 심각한 착각이다. 자녀는 하나님이 부모에게 맡기신 유업이다. 절대로 자녀의 인생을 부모가 설정할 수 없다. 어렸을 때부터 거기에 순응해 온 아이는 성년이 되어서 어느 것 하나 스스로 결정하지 못한다. 결정과 선택 앞에서 두려워하기 일쑤다. 아이를 그렇게 키운 것은 부모다. 언제까지 그 뒤에 서서 아이를 부모 뜻대로 좌지우지할 것인가? 하나님이 맡기신 아이는 하나님의 뜻대로 이끌어 주어야 한다.

한자 '친할 친親'에는 '친하다, 가깝다, 사랑하다'는 뜻도 있지만 '어버이'라는 뜻도 있다. 이 한자를 곰곰이 살펴보면 "나무(木) 위에

서서(立) 본다(見)"는 한자들로 이루어져 있다. 그래서 나는 이 단어가 부모의 역할을 잘 설명해 준다고 생각한다. 멀리 내다보고 자녀를 지켜보는 사람이 곧 어버이인 것이다.

『나는 언제나 온화한 부모이고 싶다』는 책을 쓴 교육 전문가 원동연 박사는 "오만한 부모는 다그치고 겸손한 부모는 믿고 기다린다"고 말했다. 또 '개통령'으로 불리는 동물조련사 깅형욱 씨의 말에 의하면, 개를 데리고 갈 때 목줄을 짧게 잡고 끌고 가면 버티고 따라 오지 않지만 목줄을 길게 늘어뜨려서 여유를 주고 목적지만 보고 기다리고 있으면 개가 그 방향으로 따라 온다고 한다. 부모는 아이를 고삐를 맨 소처럼 끌고 갈 것이 아니라 한발 물러서서 아이를 지켜보는 존재다. 시간이 지날 때까지 기다려야 고치는 나비가 된다. 그렇지 않고 누군가 고치를 깨면 고치는 죽고 만다. 아이들 스스로 해결할 수 있도록 지켜봐 주는 것. 요즘 부모들에게 가장 부족한 덕목이다. 기억하라. 부모가 기다릴 때 아이는 성장한다.

10

딸 앞에서
무릎을 꿇었다

잘못했다면 자녀에게도 용서를 구하라

저녁을 잘 먹고 온 식구가 둘러앉아 과일을 먹던 참이었다. 주제 없이 근래에 있었던 일들을 시시콜콜 이야기하는 가족 수다가 이어졌다. 친구랑 게임 내기에서 진 이야기, 깜박이도 안 켜고 끼어드는 차 때문에 사고 날 뻔했던 이야기, 화분 사러 나갔다가 깜박하고 과일만 사 가지고 들어온 건망증 이야기, 조별 과제인데 한 아이가 완전히 비협조적이라서 고민이 많다는 이야기, 요즘은 아무리 떠들어도 선생님이 체벌을 하지 않는다는 이야기 등등이 오가는 가운데 몇 번 까르르 웃음이 터지기도 했다. 이런 시간이 좋다. 온 가족이 둘러앉아 일상을

딸 앞에서 무릎을 꿇었다

나눌 때, 문득 행복은 이런 게 아닐까 하고 생각에 잠긴다.

"그러게, 교실에서 선생님이 매를 들려는 자세만 취해도 아이들이 핸드폰 꺼내서 촬영하려고 한다며?"

아내가 교회에서 들었다며 말했다.

"당연하지. 요즘 매 같은 거 들고 다니는 선생님이 어딨어? 매 없어진 지가 언젠데."

현석이가 말도 안 된다는 표정으로 말을 이었다. 그때였다. 새롬이가 나를 쓰윽 쳐다보았다.

"아빠, 근데 옛날에 아빠가 옷걸이로 나 때렸던 거 기억나요?"

"어? 내가 너를 때렸다고? 그런 일이 있었나? 아, 맞다. 너 초등학교 가기 전에 너 때린 일 있었지? 네가 말을 하니까 기억나는 것 같아. 그런데 그 옛날 일을 네가 어떻게 기억하니?"

그 순간, 새롬이 얼굴색이 싹 변했다.

"아빠, 내가 그걸 어떻게 잊겠어?"

새롬이가 대여섯 살쯤 되었을 때였다. 아내가 교회 간 후 나는 혼자 새롬이를 보고 있었다. 그런데 아이가 아무 이유도 없이 한두 시간을 내리 우는 것이다. 아무리 달래고 어르고 해봐도 소용이 없었다. 진땀이 났다. 새롬이는 지치도록 나를 마다하고 목이 쉬도록 울기만 했다. 시간이 지날수록 화가 났다. 도대체 왜 이렇게 말을 안 듣고 울기만 하는 것일까. 요즘 말로 하면 그때 정말 꼭지가 돌았던 것 같다. 결국 나는 방 한쪽에 있는 옷걸이로 아이를 무자비하게 때렸다. 세탁소에서 옷을 걸어 주는 삼각형 옷걸이를 펴서 회초리로 사용했다. 생각났다, 그때 새롬이의 눈빛이. 나를 보는 새롬이의 눈빛에는 간절한 애원이 담겨 있었다. 꺼이꺼이 우는 새롬이의 눈은 두려움으로 가득 차 있었다. 지금도 그 일을 생각하면 마음이 아프고 저리다. 왜 그렇게 무자비하게 아이를 때렸을까.

새롬이가 말을 꺼내서 겨우 기억이 난 일이었다. 하지만 새롬이의 낯빛을 보니까 그동안 새롬이는 그 일을 잊지 못하고 있었던 게 틀림없었다. 새롬이 마음 한구석에 아버지에 대한 기억이 그렇게 자리하고 있다는 것이 미안했다. 나는 당장 그 자리에서 일어났다.

"새롬아, 잠깐 이리 와봐."

나는 새롬이의 손을 잡고 아이의 방으로 데려갔다. 그리고 새롬이를 침대에 앉혀 놓고서 나는 바로 무릎을 꿇었다.

"새롬아, 아빠가 그 일은 정말 잘못했다. 미안해. 아빠가 너를 그렇게 때리면 안 되는 거였는데. 지금이라도 아빠를 용서해줘."

나는 두 손을 모으고 새롬이에게 용서를 구했다. 새롬이가 눈물을 흘리며 말했다.

"아빠, 됐어요. 내가 무슨 잘못을 했는지 모르지만, 맞을 짓을 했겠지. 그래서 아빠가 그렇게 때렸을 거야. 하지만 이젠 다 지난 일이에요. 됐어요."

딸 앞에서 무릎을 꿇었다

새롬이는 나를 안아 주었고, 나는 새롬이의 등을 토닥거렸다. 오랫동안 아빠한테 맞은 상처가 아이의 속에 고스란히 남을 뻔했다. 그 후로 새롬이와 나는 더 돈독해졌다. 전에는 의식하지 못했던 어떤 막 하나가 완전히 젖혀진 기분이랄까.

용서받을 때 더 배운다

아버지학교에서 만난 한 목사님도 나와 비슷한 경우다. 그 목사님은 아버지학교를 여는 장소로 교회를 제공하고, 자신은 이런 프로그램과는 아무 상관 없는 사람이라는 듯 멀찌감치 뒤에서 뒷짐 지고 구경만 하고 있었다. 그런데 아버지학교에서 부모도 자식에게 잘못한 일이 있으면 용서를 구해야 한다는 강의가 있던 날, 목사님이 집에 가서 딸에게 물어봤단다.

"딸이 사춘기 보내면서 제 속을 아주 많이 썩였어요. 어느 날 딸애가 저한테 너무 무례하게 화를 내서 제가 아이를 골프채로 때렸습니다. 저도 좀 심했다는 생각이 들었지만 그냥 별일 아닌 것처럼 지냈지요. 그런데 뒤에서 강의를 듣다가, 그 일이 생각나는 거예요. 아이가 그 일을 기억할까 싶기도 하고, 잊었을 것 같기도 하고. 그래서 집에 가서 물어봤어요. '그때 아빠가 골프채로 너 때렸던 거 기억하니?'라고요. 그런데 그 말을 들은 딸아이 표정이 아주 싸늘하게 변하더니 제 방으로 휙 들어가 버리는 거예요. 그 일이 딸아이에게 깊은 상처로 남았다는 걸 바로 알겠더군요. 그래서 아이 방에 들어가서 무릎 꿇고 용서를 빌었어요. 딸과 저는 부둥켜안고 눈물범벅이 되었답니다."

그 후로 목사님은 아버지학교에 적극적으로 참여하셨고, 스태프들을 위해 화분도 보내 주셨다. 아버지학교에서 용서의 힘을 배운 후로 가족이 더 화목해졌다는 말씀과 함께. 그 딸아이 역시 골프채로 맞은 일을 고스란히 마음속에 담아 두었고, 아버지와는 일정한 간격을 유지하고 살았던 것이다. 치유받지 않은 상처는 저절로 사라지지 않는다. 진정한 용서만이 그 상처를 치유할 수 있다.

누구에게나 용서라는 주제는 편치 않다. 용서하는 쪽에서는 큰 숨고르기가 필요하고, 용서받는 쪽에서는 두려움이 인다. 게다가 가족 안에서 부모와 자녀와의 관계에서라면 더 껄끄러울 것이다. 특히 용서 받으려는 쪽이 부모인 경우, 더 어려워진다. "자식 키우다 보면 잘못할 수도 있지"라는 생각으로 그냥 넘어가고 싶겠지만, 자녀의 마음에는 그것이 평생 어두운 그늘로 자리하게 될 수 있다. 단, 부모도 사람인지라 실수하고 상처 줄 수 있다. 그러므로 그랬을 때는 상대방에게 용서를 청해야 한다. 그 대상이 자녀라고 해서 예외가 되어서는 안 된다.

딸 앞에서 무릎을 꿇었다

용서를 구해야 할 대상이 자녀라면 오히려 좋다. 그것은 자녀에게 귀한 가르침을 줄 수 있는 아주 좋은 기회다. 이때 부모는 자녀에게 두 가지 가르침을 줄 수 있다. 첫째, 누구나 실수하거나 잘못할 수 있다는 것. 자녀들은 부모란 실수도 잘못도 하지 않은 존재라고 생각하기 쉽다. 그러나 부모 역시 하나님 앞에서 죄인이며 연약한 존재다. 그러므로 실수도 하고 잘못도 저지를 수 있다. 부모는 자신의 불완전함을 통해 자녀에게 누구나 그렇게 부족한 존재임을 가르칠 수 있다. 그러면 자연스럽게 자녀 역시 잘못할 수 있는 존재라는 것을 인정해 주게 된다. 이것을 배운 자녀는 자신에 대해 관대해질 수 있다. 둘째, 잘못했을 경우에는 반드시 잘못을 빌고 용서를 구하도록 한다. 자녀는 자신에게 용서를 비는 부모를 보면서, 용서가 얼마나 필요하고 또 절실한 과정인지 배운다. 특히 자신에게 직접 용서를 청하는 부모의 모습을 통해서 자녀 역시 잘못했을 경우 상대방에게 반드시 용서를 구해야 한다는 점을 배울 것이다.

가족은 가장 쉽게 상처를 주거나 받을 수 있는 관계다. 그만큼 용서의 필요도 많은 관계다. 하지만 가족이라는 이름으로 용서하고 용서받을 수 있다면 그것이 진정한 가족이 아닐까? 새롬이와의 경험을 통해 가족 안에서 진정한 용서가 있을 때 가족 간의 사랑이 더 깊어짐을 깨달았다. 부모로부터 용서받는 법을 배운 아이들은 상처나 용서에 대해 누구보다 열린 마음을 가질 수 있을 것이라 믿는다.

11

아버지의 말이
가정을 바꾼다

아버지의 말과 가정의 날씨

미술가 제니 홀저Jenny Holzer는 촌철살인의 경구로 메시지를 전달하는 작가로도 유명하다. 그녀는 통렬한 메시지 중 내 마음에 남아 있는 말은 "당신은 당신이 살아가는 방식의 희생자다"이다. 아버지학교에서 상처투성이의 수많은 아버지들을 만나면서, 그들은 자신이 선택한 삶의 방식의 가장 큰 피해자라는 사실을 여러 번 목격했기 때문이다. 아버지의 안테나가 사회에서의 성공, 승진, 인적 네트워크의 강화, 자기만의 취미 생활 등으로만 뻗어 있고 거기서 가정이 차순위로 밀려나 있다면, 가정은 아슬아슬해진다. 아버지가 선택한 삶의 방식은 가정 구성원에게 상처를 남기고, 아버지 자신마저 피해자로 만든다. 결국 가정은 위기에 빠져든다.

안타까운 것은 아버지가 선택한 삶의 방식 중에는 언어생활도 포함되어 있다는 것이다. 말의 중요성은 아무리 강조해도 지나치지 않는다. 잠언에 보면 셀 수 없이 많은 '말과 입술'에 대한 경고가 나온다.

> 구부러진 말을 네 입에서 버리며 비뚤어진 말을 네 입술에서 멀리 하라(잠언 4:24).
> 미련한 자의 입술은 다툼을 일으키고 그의 입은 매를 자청하느니라(잠언 18:6).

아버지가 자녀에게 저지른 가장 흔한 폭력은 언어폭력이다. 아이들에게는 말이 매보다 더 아프다. 왜냐하면 매는 잠깐의 통증을 남기지만, 말은 상처를 계속해서 남기기 때문이다.

EBS 〈다큐 프라임〉에 소개된 내용을 보면, 거친 언어를 자주 들었던 아이일수록 해마의 크기가 또래 아이들보다 작았다. 해마는 뇌에서 학습과 기억에 관여하여 감정 행동 및 일부 운동을 조절하는 역할을 한다. 신기한 것은 거친 언어를 사용한 아이들의 뇌 역시 비슷한 경향을 보였다는 것이다. 즉, 거친 언어를 들은 사람이나 한 사람 모두

가 똑같이 피해자라는 것이다. 여기에 대해 카이스트 정신건강의학과 정범석 교수는 "거친 언어를 쓴다는 것은 자기 자신의 뇌에도 상처를 준다는 것을 의미한다"고 진단했다.

왜 우리가 거친 말들을 버려야 하는지에 대한 답은 이제 분명하다. 같은 연구에서 아버지와 아들의 대화에 대한 실험에 들어갔다. 평소에 아버지와 대화가 잘되지 않는 가족의 경우, 아들의 표정이 어둡고 아버지가 일방적으로 대화를 주도했다. 반면 대화가 잘되는 가족에서는 아버지가 대화를 주도하지 않았으며 아들과 아버지 사이의 평정심이 높게 나타났다. 이 실험에서는 대화와 함께 정서 상태에 대한 분석도 관심을 끌었다. 아버지 쪽에선 모욕, 비난, 조롱, 긴장, 불평 같은 부정적인 정서들이 나타났고, 자녀의 부정적인 정서로는 분노, 슬픔, 방어, 긴장, 외면이 조사되었다.

즉, 아버지가 발산하는 정서는 공격적인 데 비해, 아들이 대응하는 정서는 방어적이다. 아버지가 주는 모욕에 대해 아들은 분노하고, 슬퍼하고, 방어한다. 지금도 사춘기 자녀들을 둔 가정에서 흔히 볼 수 있는 가슴 아픈 풍경이다.

반면에, 아버지와 아들 모두에게서 공통적으로 나타난 긍정적인 정서는 수용과 인정이었다. 그렇다. 모욕, 비난, 조롱, 긴장, 불평, 분노, 슬픔, 방어, 긴장, 외면의 건너편에는 수용과 인정이 있었다. 아버지와 아들의 정서는 이렇듯 어떤 언어를 사용했느냐에 따라 완전히

아버지의 말이 가정을 바꾼다

상반되었다. 부정과 긍정 사이가 너무 멀게 느껴지는가? 그러나 한 사람, 즉 아버지의 결단에 따라 확연히 달라질 수 있다. 실험과 조사는 좋은 말을 듣고 자란 아이들의 뇌 발달 양상이 좋을 뿐만 아니라 정서적으로도 긍정적이라는 결론을 보여준다.

아버지가 가정에서 긍정적인 말을 사용하면, 자녀와 아내 등 가족 모두가 정서적으로 건강해진다. 인정과 수용의 분위기는 가정을 밝게 만든다. 앞서 예로 든 프로그램에 등장한 두 가족의 표정은 충분히 비교할 만했다. 아버지가 일방적으로 주도하며 거친 언어를 쓰는 가정은 표정이 어두웠지만, 대화가 통하는 가족의 얼굴엔 평정심이 넘쳤다. 남은영 교수의 일침은 모든 아버지들이 새겨들을 만하다.

"가정에서의 아버지의 역할은 그 가정의 기후를 결정하는 결정자라고 이야기합니다. 아버지의 정서 상태가 집안의 정서적인 온도를 나타낸다는 거죠. 아버지가 가지고 있는 정서 온도계의 온도가 집안의 날씨를 결정하기 때문에, 아버지의 역할은 특별히 정서적인 측면에서 굉장히 중요하다고 할 수 있습니다."

– EBS 〈다큐프라임〉, '영혼의 상처, 언어폭력'

12

축복하라, 축복하라,
축복하라

나를 키운 팔 할은

강원도 철원의 겨울은 아마 대한민국에서 가장 추울 것이다. 어머니는 그 겨울바람을 맞으며 한 시간을 걸어 새벽 기도를 다녀오시곤 했다. 집에 돌아와서는 곧장 내 베개 밑에 손을 넣고 아들을 위해 기도하셨다.

"우리 종태… 하나님의 은혜로… 우리 종태… 하나님을 사랑하면서… 우리 종태… 하나님을 잘 섬기면서 살게 해 주소서… 하나님의 큰 복을 받게 해 주소서."

나는 잠든 척 눈을 감고 어머니의 기도 소리를 가만히 듣고 있었

205 축복하라, 축복하라, 축복하라

다. 어머니를 떠올리면 그 겨울날의 새벽이 생각나고, 어머니의 간절한 기도가 귓가에 생생하다.

젊은 날, 치기 가득한 일탈로 방황할 때 나를 결정적으로 돌이킨 것은 어머니의 기도였다. 살벌한 가난과 고독으로 흔들릴 때마다 나를 붙들어 준 건 새벽마다 들었던 어머니의 기도였다. 주저앉고 싶을 때마다 어머니의 기도를 생각했다. 그때마다 힘이 났다. 모든 것을 포기하고 싶을 만큼 고단한 현실에서 나를 추스를 수 있었던 건 순전히 어머니의 기도 덕분이다. 어머니의 기도가 아니었다면 지금 나는 어떤 모습으로 살고 있을까. 어머니의 기도는 내게 영원히 마르지 않는 최고의 자양분이었다.

세상의 모든 아들은 어머니의 기도를 평생 가슴에 담고 산다. 시인은 "나를 키운 건 8할이 바람"이라고 했지만, 나는 말할 수 있다. 나를 키운 건 8할이 어머니의 기도였다고. 어머니의 기도를 배반하는 아들은 없다. 그것이 어머니의 힘이요, 기도의 힘이다. 기도는 어머니로부터 나에게로 흘러왔고, 다시 나에게서 우리 아이들에게로 흘러간다. 그렇게 온 가족이 기도의 흐름 안에 있다. 어머니의 기도 안에 내가 있고, 내 기도 안에 어머니와 아이들이 있다. 그러니 어머니의 신앙은 얼마나 위대하고 감사한가.

유대인들의 특징 가운데 하나는 일상적으로 자녀를 위해 축복 기도를 한다는 것이다. 안식일이 시작된다는 의미로 촛불에 불을 붙인 후, 또는 안식일 식사를 하기 직전에 식탁에서 아버지는 자녀를 축복한다. 한 주 동안 자녀가 자랑스럽게 느껴졌던 일들을 상기시키고, 또 자녀를 축복한다.

"하나님이 항상 네 곁에 머무시길 바란다."

유대인들은 부모와 자녀가 떨어져 있을 때도 전화나 문자로 축복 기도 하는 것을 즐겨 한다.

부모의 기도를 기억하고, 부모의 축복 기도를 늘 받는 아이들은 평생 하나님 안에서 살아간다. 기도만큼 아이들을 위해 좋은 수고는 없다. 부모의 축복 기도를 받으며 자란 아이들은 세상을 살아가는 동안 두려운 순간이 엄습하더라도 자신감을 회복할 수 있을 것이다.

지금도 어머니는 나와 아내, 우리 아이들을 위해 축복 기도를 해주신다. 이름 하나하나를 불러 가며 축복 기도를 하신다. 어머니의 기도를 들을 때마다 내 마음은 감사로 출렁거린다. 그 기도를 듣고 있노라면, 나는 세상에서 가장 행복한 사람이 된다. 자녀들과 함께 어머니를 찾아뵙고 돌아올 때는 우리만의 특별한 이벤트를 벌인다. 온 가족이 방안에 둘러앉아 어머니의 축복 기도를 받는 것이다. 아니면 출발하기 전에 마당에 둥글게 서서 모두 손을 맞잡은 가운데 어머니가 축복 기도를 해주신다.

축복하라, 축복하라, 축복하라

어머니의 기도 속에 자란 나 역시 아이들에게 끊임없이 축복 기도를 해 준다. 가정 예배 때는 물론이고, 아이들이 학교에 가려고 집을 나설 때도 아이들 머리 위에 손을 얹고 기도한다. 기도는 아이들의 현재를 지킬 뿐만 아니라, 아이들의 미래까지도 든든하게 지켜 줄 것이라고 나는 믿는다. 부모의 기도를 거절하는 자녀는 없다. 받아도, 받아도 더 받고 싶은 것이 부모의 사랑과 기도다. 그러니 자녀들에게 아낌없이 주자, 더 늦기 전에. 그들에게는 지금도 부모의 사랑과 기도가 필요하다.

열정, 인내, 가능성을 돕는 기도

중학교 교감 선생님이 입버릇처럼 우리에게 하던 말씀이 있다.

"똑똑이 새끼가 되지 말고 바보 새끼가 돼라."

그때는 그 말이 무슨 말인지 몰랐다. 선생님들은 다들 공부 열심히 해서 사회에서 성공하라는데, 교감 선생님은 왜 똑똑이가 아닌 바보가 되라고 하시는지 알 수가 없었다. 그땐 가장 흔하고 흔한 욕 중에 하나가 '바보'였으니까 교감 선생님의 말을 더 이해할 수 없었던 것이다. 하지만 지금은 그 의미를 조금은 알 것 같다.

주변에서 보면 '똑똑이'로 통하는 이들이 똑똑한 값을 하는 경우가 그리 많지 않다. 세상이 자신을 중심으로 돌고 있다고 생각해서 오만하고, 자기 것을 챙기는 데 능하고, 자기만 잘 살면 된다고 생각한다. 나눔과 베풂, 섬김의 삶을 사는 것이 무엇인지 알지 못한다.

그렇지만 우리 사회에는 존경받는 '바보'들이 종종 있다. 대표적인 분이 김수환 추기경이다. 그분은 '바보'로 통했다. 사랑을 실천하고, 소외된 이들의 벗이 되었고, 언제나 낮은 곳에 머물렀다. 아마 교감 선생님이 생각하신 바보도 그런 의미였을 것이다. 그래서 이 사회에 똑똑이보다는 바보가 필요한 존재라고 말씀하셨던 것 같다.

사춘기 사내아이들이 겪는 딱 그만큼의 방황을 잠시 했던 아들 현석이는 중학교를 졸업하던 그해 겨울, 네팔로 단기 선교를 떠났다. 왜 그런 곳에 가야 하는지 모르겠다는 현석이에게 나는 적극적으로 네팔을 권했다. 네팔은 세계 최빈국 중에 하나다. 지금까지 별 어려움 없이 자란 현석이에게 제 또래의 아이들이 어떻게 살고 있는지, 세계의 가난한 이웃들이 얼마나 많은지, 그 가운데 자신은 무엇을 할 수 있는지 생각해 보는 시간을 갖게 해 주고 싶었다. 현석이는 네팔에서 같이 간 교회 형을 열심히 따라다니며 찬양 인도를 돕고, 현지 선교사의 사역지를 돌아보며 의미 있는 시간을 보내고 왔다. 섬김과 나눔을 배웠으면 했던 나의 바람은 충분히 이루어진 셈이다. 왜냐하면 현석이가 "다음번에도 또 가고 싶다"고 말했기 때문이다.

현석이는 실제로 이듬해 친구와 둘이서 네팔로 향했다. 네팔로

축복하라, 축복하라, 축복하라

출발하기 몇 주 전부터 현석이는 친구와 함께 네팔에서 어떤 봉사활동을 할 것인지 고민하고 계획하고 연습하는 시간을 보냈다. 나의 권유에 의해서가 아니라 현석이 스스로 봉사의 기회를 만들려는 모습에 대견하고 뿌듯했다. 고아원에서 아이들을 돌보는 봉사활동을 하는 틈틈이 한글도 가르쳐 주었다. 네팔 사람들은 한국을 좋아하고 선망하기 때문에 한글 배우는 것을 아주 좋아했다고 한다. 그리고 한국에서 드럼을 취미 활동으로 했던 덕에 현석이는 한국인 선교사가 세운 네팔 신학교에 가서 드럼도 가르쳐 주며 즐거운 시간을 보냈다.

아들의 방황하는 사춘기를 보면서 나 역시 조마조마했다. 하지만 아이의 행동 하나하나에 일희일비할 수는 없다. 부모라면 아이의 비뚤어진 모습에서도 미래를 내다보며 아이에게 청사진을 제시할 수 있어야 한다. 믿음과 기대를 가지고 아이를 바르게 분별해 볼 줄 알아야 한다. 즉, 부모는 아이를 통찰력과 분별력 있는 눈으로 바라봐야 하는 것이다. 부모든 자식이든 누구나 완벽하지는 않다. 실수도 할 수 있고 넘어질 수도 있다. 그러나 부모에게 주어진 몫은 자녀를 믿고 기다려 주는 것이다. 지금은 망가진 것처럼 보이더라도 분별과 통찰의 시선으로 자녀를 지켜보는 부모야말로 기다려 주는 사랑을 아는 부모다.

가수 본 조비^{Bon Jovi}가 '내 마음에 쏙 드는 알파벳 P'에 대해 이렇게 말한 적이 있다.

"우리는 절대로 완벽해질 수 없습니다. 하지만 Passion^{열정}이 Persistence^{인내}와 만나면 Possibility^{가능성}가 됩니다."

나는 이 3개의 P를 떠받치는 기반으로서 또 하나의 P를 제안하고 싶다. 그것은 Prayer^{기도}다. 아이의 세 가지 P는 부모의 축복 기도가 바탕이 될 때 더 든든해질 것이다. 자녀를 위해 축복 기도를 하는 것은 부모가 지녀야 할 거룩한 의무다.

축복하라, 축복하라, 축복하라

| 자녀를 위한 명언 |

• 하루를 돌아다보았을 때 재미있었다, 혹은 즐거웠다, 정말로 만족했다는 느낌이 들지 않으면 그 하루는 헛되이 보낸 것이다. 나에게 있어서 그것은 하나님을 배반하는 것이며, 잘못된 일인 것이다.

_ 아이젠하워

• 시간을 낭비하지 말라. 인생은 시간이 쌓인 것이니까.

_ 벤저민 프랭클린

• 아무리 괴롭더라도 현실은 뚜렷이 직시해야 한다. 목표를 확고히 정해야 한다. 일단 목표가 정해지면 모든 시간을 그 현실을 위해 쏟아 넣어라. 자신의 결심이 올바른지 어떤지를 걱정하며 귀중한 시간을 낭비하지 말라. 무조건 관철하고 보라!

_ 데일 카네기

• 모든 미완성을 괴롭게 여기지 말라. 미완성에서 완성에 도달하려고 하는 노력이 필요하기 때문에, 신이 일부러 인간에게 수많은 미완성을 내려 주신 것이다.

_ 아놀드

• 인생은 모래시계와 같다. 모래시계의 두 개의 병은 아주 가느다란 통로로 연결되어 있어서 한 번에 모래알 하나밖에 통과하지 못하게 되어 있다. 이 것이 인생의 참된 모습이다. 가령 아주 바쁜 날이라도 해결해야 할 일은

한 가지만 모습을 나타낸다. 인생도 만사가 이와 같은 것이다. 예를 들어, 그날에 해야 할 일이나 문제는 아무리 많더라도 반드시 한 번에 하나씩 찾아오게 된다.

_제임스 고든 길키

• 항상 현재를 꼭 붙잡아라! 순간순간 지나가는 시간에는 무한한 가치가 있다. 나는 현재에 나의 모든 것을 걸고 있다. 한 장의 트럼프에 거금을 건 것처럼, 나는 현재를 있는 그대로, 될 수 있으면 값비싼 것으로 만들기 위해 노력하고 있다.

_ 괴테

• 아니다, 그렇지 않다. 세월이란 강물은 언제나 같은 속도로 뒤돌아보지 않고 도도히 흘러간다. 그 흐름을 멈출 수만 있다면 모든 재산을 내던져도 아깝지 않다고 생각할 때도 있으며, 조금만 더 흐름을 빠르게 하고 싶다고 생각할 때도 있을 것이다. 하지만 아무리 바라고 노력해도 헛된 일이다. 사람들이 일하고 있거나, 잠들어 있거나, 무언가에 열중하고 있거나, 게으름을 피우고 있거나, 기쁨에 넘쳐 춤을 추고 있거나, 고통에 허덕이고 있거나, 세월이란 강물은 유유히 흘러가고 있다. 시간이란 강을 이용할 수 있는 것은 '오늘의 생활'이란 수레를 돌릴 때뿐이다. 한번 눈앞에서 흘러가 버리면, 시간이라는 강은 다시 되돌아오지 않는 영원이라는 바다로 들어가게 된다. 물론 다음 기회도 있을 것이고 이어서 흘러오는 물결도 있을 것이다. 하지만 그냥 일 없이 흘러가 버린 것은 다시 우리들 앞으로 되돌아오지 않는다.

_ 에드워드 하워드 그릭스

자녀를 위한 명언

· 우리들이 겨뤄야 할 최대의 유일한 문제는 올바른 마음가짐을 갖는 일이다. 그렇게 된다면 문제 해결은 고속도로를 달리는 것이나 마찬가지다.

_ 데일 카네기

· 황금같이 귀중한 순간의 기회를 최대한으로 이용하고, 자신의 손에 닿을 수 있는 한도의 좋은 것을 붙잡을 수가 있다는 것은 인생에 있어서 위대한 예술을 하는 행위라고 말할 수 있다.

_ 사무엘 존슨

· 내가 본 중에 최고로 성공한 사람들은 모두가 늘 명랑하고 희망에 가득 차 있는 사람들이었다. 늘 웃으며 일을 해 나가고, 생활 속의 여러 가지 변화가 즐거운 것이든 슬픈 것이든 항상 남자답게 당당히 맞이해 들이는 사람들이었다.

_ 찰스 킹슬리

· 내가 알고 있는 성공한 사람들은 모두 자신에게 부여된 조건 아래서 최선을 다하는 사람들이었다. 내년이 되면 어떻게 잘 되겠지 하고, 팔짱만 끼고 수수방관하지 않고 주어진 일에 최선을 다한 사람들이다.

_ 에드워드 W. 호오

· 자신에게 없는 것을 구하려고 괴로워할 것이 아니라 그런 열성으로 자신이 가지고 있는 것을 즐기는 것이 어떨까? 자신에게 최고로 소중한 것을 바라보면서, 만일 당신에게 그게 없었다면 지금쯤 얼마나 열심히 그걸 찾고 있을까를 상상해 보아라.

_ 마르쿠스 아우렐리우스

· 사람들은 자신의 문제를 환경 탓으로 돌린다. 나는 환경 따위는 믿지 않는다. 세상에서 두각을 나타내는 사람들은 자신이 바라는 환경을 스스로 찾아내며, 만약에 그것을 찾아낼 수 없게 될 때에는 스스로 창조해낸다.

_ 버나드 쇼

· 인생은 그 사람의 생각의 소산이다.

_ 마르쿠스 아우렐리우스

· 우리 손에는 작은 것들이 수없이 매일 떨어진다. 그것은 작은 기회다. 하나님은 우리가 그것을 어떻게 이용하든 상관하지 않고 그것을 남겨 놓고 가신다. 그리고 여전히 조용하게 스스로의 길로 가신다.

_ 헬렌 켈러

· 명랑한 친구와 만나면 우리는 누구나 마치 주위가 밝게 빛나는 쾌청한 날씨 같은 것을 느끼게 된다. 우리는 누구나 자신이 선택하는 것에 따라 이 세상을 궁전으로도, 감방으로도 만들 수 있는 힘을 가지고 있는 것이다.

_ 존 라보크 경

자녀를 위한 명언

PART_03

사랑이
답이다

01
사랑
충전하기

가족이 하나 되는 시간

우리 집 가정 예배는 금요일 밤 11시에 드린다. 예배는 묵도와 찬송, 그리고 성경 읽기로 이어진다. 성경은 잠언에서 예배드리는 날짜와 같은 숫자의 한 장을 읽는다. 즉, 예배드리는 날이 12일이면 잠언 12장을 읽는 것이다. 읽을 때는 3~5절씩 돌아가면서 읽는다. 잠언을 읽는 이유는 세상의 모든 면에서 필요한 지혜들이 총망라되어 있는 책이기 때문이다. 잠언은 반드시 우리가 지키고 알아야 할 하나님을 경외하는 법, 경제적인 문제, 인간관계에서의 지혜, 자녀양육의 비법, 하나님의 백성으로 살아가는 법, 선과 악에 대한 경고 등으로 가득 차 있다. 가정 예배에서 함께 묵상하고 나누기에 잠언은 참 적절한 본문이다.

그런데 우리 집 가정 예배에는 예배의 경건함과 엄숙함을 깨트리는 재밌는 장치가 하나 있다. 그것은 의도 없이 자연 발생한 것으로, 다름 아닌 내 음감에서 비롯되었다. 아버지인 내가 예배를 인도하는데, 묵도가 끝나고 찬송을 부를 때마다 여지없이 한바탕 웃음이 터지고 만다. 왜냐하면 음악성 제로인 내가 음을 잡을 때 정확한 음을 잡지 못해, 이른바 거의 늘 '삑사리'를 내기 때문이다. 아이들이 어렸을 때는 아빠의 이 찬양 때문에 배꼽을 잡고 웃은 적이 한두 번이 아니다. 나 역시 웃음을 참지 못해 쩔쩔매곤 했다. 이렇게 한바탕 웃고 나면 자세를 고쳐 앉고 다시 찬양을 열심히 부른다. 매번 의도하지 않게 갖게 되는 이 아이스브레이크^{ice break} 덕분에 모두 자연스럽게 한 마음이 되어 예배를 드린다.

잠언을 읽고 자기 마음에 와 닿은 말씀을 나누다 보면 그 가운데 자신의 삶이 흘러나온다. 이어서 기도 제목을 말할 때는 요즘 자신이 가장 어렵게 생각하는 문제들을 솔직하게 털어놓게 된다. 사업하면서 만나는 고충, 정신적으로 겪고 있는 고통, 학교에서 친구와 겪는 어려움, 잘하고 싶고 잘 해내야 하는 시험과 논문과 발표 등에 대한 기도 제목들이 쏟아져 나온다. 이 시간이 우리 가족에게 더없이 소중한 이유는 서로에게 있는 현재의 어려움과 소망을 알게 되어 더 친밀해질 뿐만 아니라 가족의 하나 됨이 더욱 견고해짐을 느끼기 때문이다.

사랑 충전하기

물론 아이들이 언제나 협조적인 것은 아니다. 텔레비전을 보며 소파에 널브러져 있다가도 가정 예배를 드린다고 하면 이번 주 시험이라 바쁘다고 핑계를 대기도 하고, 스마트폰에 푹 빠져 있다가 갑자기 발표 준비가 밀렸다고 투정을 부리기도 한다. 눈짓으로, 귓속말로 "빨리 끝내 달라"는 압력을 넣기도 한다. 예배 전에는 이렇게 시큰둥할 때도 있지만, 모두의 기도 제목을 가지고 통성으로 기도한 다음, 돌아가면서 마무리 기도를 할 즈음엔 이미 표정이 달라져 있다. 아니, 모두의 마음과 표정이 한결 밝아져 있다. 예배의 기쁨을 누리고, 하나님 앞에서 우리의 하나 됨을 확인했다는 증거가 얼굴에 고스란히 드러나 있는 것이다.

아이들과 가정 예배를 통해서만 하나 됨의 시간을 갖는 건 아니다. 예배는 우리 가족 관계의 매조지 역할을 하는 것이지, 그 외에도 하나 됨을 위한 노력은 계속되었다.

나는 새롬이가 대학원 다닐 때, 학교 근처를 지날 때면 아이에게 전화를 걸었다. 그렇게 딸과 함께 점심을 먹고, 대학생들로 붐비는 학교 앞 카페에서 차를 마시곤 했다. 그리고 가끔은 캠퍼스를 산책하기도 했다. 그럴 때 나는 더없이 행복한 아버지가 된다. 불시에 전화를 걸어 만나자고 하는 아버지를 반갑게 맞아 주었던 20대 딸이 고맙기만 했다. 지방에서 대학을 다녔던 다혜가 내려갈 때는 데려다 주고, 지방 출장에서 돌아올 때는 꼭 들러서 픽업을 했다. 오가는 차 안에서 다혜와 즐거운 수다를 떨었던 행복한 기억이 있다.

현석이가 고3 시절 여자 친구가 있다는 걸 알았을 때, 해 주고 싶은 말이 많았지만 나는 딱 한마디만 했다.

"후회 없는 만남이 되도록 해야지."

아버지로서 할 수 있는 최소한의 조언이었다. 그리고 아내한테 현석이가 여친과 헤어졌다는 이야길 들었을 때, 나는 저녁을 먹다가 현석이에게 물었다.

"여친이 줬다고 자랑했던 팔찌가 쓰레기통에 있더라?"

"응, 버렸어."

"기념으로 갖고 있지, 왜? 너 걔랑 학교에서 만나도 못 본 척 하고 지나치니?"

"응."

"그러지 말고 만나면 네가 먼저 '잘 지내니?'라고 인사해 봐. 관계는 소중한 거야."

현석이는 대답 대신 고개만 끄덕였다.

아이들과 이렇게 대화를 나눌 수 있어서 정말 감사했다. 우리 아이들은 최소한 부모를 '꼰대'라고 생각하지 않고 대화 가능한 상대라고 생각하고 있었으니 말이다.

몇 년 전, 스마트폰에서 온가족이 모이는 가족 채팅방에다 질문을 하나 던진 적이 있었다.

사랑 충전하기

아빠 아빠가 제일 좋을 때와 싫을 때가 언제인지 한마디씩 해 봐. 솔직하게!

새롬 좋은 점은 우리들과 대화가 많은 것. 친구같이 말이 잘 통할 때, 다정한 모습^^. 싫을 때는, 다 좋은데 아직도 본인이 이팔 청춘인 줄 알고 축구하다가 몸을 막 던질 때…. 아빠, 제발 건강 좀 챙기세요.

다혜 제일 좋을 때는, 우리의 말을 잘 들어 주고 이해해 줄 때. 친구 같을 때. 사랑받고 있다는 것을 알게 해 줄 때. 제일 싫었을 때는, 내 입장에서 생각 안 해 줄 때. 어떤 부분에서는 좀 보수적(?)일 때.

현석 좋을 때는, 친구처럼 다정하고 얘기 나누고 용돈 줄 때. 싫을 때는, 음…, 싫을 때가 정말 없는데. 아빠, 사랑해♥ㅋㅋ

다혜 네가 그렇게 말하면 난 뭐가 되냐? ㅋㅋ

채팅방에 올라온 아이들의 글을 보면서 속으로 생각했다. 우와! 고득점이구나! 20대 안팎이었던 아이들로부터 '친구' 같다는 이야길 들었으니 이만하면 성공한 아버지 아닐까? 그래서 채팅방에 메시지를 남겼다.

"오늘 아빠가 기분 좋아서 한 턱 쏠게! 먹고 싶은 거 말해 봐!"

가족의 추억 만들기

가족 간의 친밀감에는 열린 마음도 필요하지만, 같이 보내는 시간도 필요하다. 예전부터 아이들과 가족 소풍을 자주 다녔는데, 몇 년 전부터는 가족 여행을 공식적으로 정례화했다. 석 달에 한 번은 가족 여행을 가기로 한 것이다. 그러자면 1년에 4차례를 가게 되는데, 그중 두 번은 아내와 둘이만 가기로 했다. 아이들은 그런 게 어디 있느냐며 항의를 한다. 하지만 나는 안 된다고 잘라 말했다.

"부부에게는 둘만의 시간이 필요해."

보통은 서울 근교로 나가는데, 금요일에 갔다가 토요일에 돌아오는 1박 2일 여행이다. 프로그램은 실속 있게 자리 잡았다. 여행지에 도착해서는 산책을 하며 대화를 나눈다. 그리고 저녁엔 그 지역 맛집을 탐색해 외식을 하고, 다음날 아침은 모두 다 같이 아침식사를 준비한다. 같이 밥을 짓고 요리를 해서 상차림을 준비할 즈음엔, 다들 고단한 마음에 여유가 들어가기 시작한다. 대화의 주제는 시시콜콜한 일상에서부터 묵상한 말씀을 나누는 것까지 매우 다양하다. 요즘은 아내가 신앙적으로 깨달은 내용을 나눌 때가 많아서, 아이들과 나에게 매우 유익하다. 신앙적으로 성숙해져 가는 아내의 이야기를 듣고, 그를 잘 받아들이는 아이들을 보는 것만으로도 행복하다.

아침식사를 하고서는 천천히 나와서 그 지역 볼거리를 돌아보고, 점심을 먹고 집으로 돌아온다. 돌아와서 제일 먼저 하는 일은 다음 번 날짜와 목적지를 정하는 것이다. 그것만 봐도 소박한 가족 여행이 성공적이었음을 알 수 있다. 요즘에는 자녀들이 초등학교 5~6학년만 되어도 부모랑 같이 나가는 것을 싫어한다는데, 우리 아이들은 여전히 부모와 함께 노는 것을 좋아하니 참 감사하다.

한번은 온가족이 낚시를 하러 철원 남대천으로 떠났다. 시골 출신인 나에게는 냇가에서 물고기 잡으며 놀던 추억이 있는데, 도시에서 자란 아이들에겐 그 추억이 없는 게 못내 안타까웠다. 여러 번 계획을 세웠으나 번번이 이런저런 이유로 무산되고, 몇 년 전 여름에야 겨우 기회가 생겼다. 만반의 준비를 해서 떠난 우리들은 모두 신이 났다. 심지어 물고기를 잡아 매운탕을 해 먹을 요량으로 매운탕거리까지 잔뜩 준비해서 남대천에 한 귀퉁이에 자리를 잡았다. 뿌듯했다. 드디어 아이들과 낚시 추억이 생기는가 싶었다.

아이들은 고기를 몰고 나는 반두로 고기를 낚았다. 온몸은 물에 흠뻑 젖고, 깔깔 웃음이 터졌다. 다들 신이 났다. 그런데 30분쯤 지났을까. 호루라기 소리가 들리더니 군인들이 다가와 빨리 철수하라는 명령을 하는 것이 아닌가.

"며칠 전 호우로 상류에서 지뢰가 떠내려갔습니다. 여긴 위험지역이라 들어가시면 안 됩니다. 저기 표지판 못 보셨습니까?"

아뿔싸! 수년간 별러 온 우리들의 첫 번째 낚시 여행은 이렇게

30분 만에 종지부를 찍고 말았다. 간신히 잡은 작은 물고기 몇 마리는 집에 와서 매운탕으로 끓여 먹었다.

'개천, 물고기, 낚시, 호우', 이런 단어들이 나오면 아이들은 으레 내게 묻는다.

"아빠, 우리 고기 잡으러 언제 가요?"

그리고 그 여름, 개천에서 쫓겨나 집에 와서 매운탕 끓여 먹은 이야기를 하면서 다시 한바탕 웃음을 나눈다.

이 기분 좋은 소풍은 가정 예배만큼이나 소중하다. 나에게는 소풍도 예배다. 가족이 한 마음으로 자연 안에서 하나님을 만나는 또 다른 이름의 예배다. 소풍과 예배는 우리 가족이 사랑을 충전하는 시간이다. 온 가족이 함께 누려 온 이 시간을 우리 아이들도 제 아이들과 계속해서 누리기를 바란다. 사랑은 시간을 공유하는 것. 가정 예배와 소풍으로 다져진 영육간의 시간 공유가 지속되는 한, 우리는 하나 됨의 기쁨을 언제까지나 누릴 수 있을 것이다.

02

비전으로
하나 되기

비전을 가진 사람

둘째 다혜를 격려하기 위해 떠난 유럽 여행에서 인상적이었던 도시 중 하나가 카이저스베르크^{Kaysersberg}다. 프랑스 알자스의 와인 로드 상에 있는 중요한 관광지인 이곳은 중세 유적의 일부가 그대로 남아 있어서 동화 속 풍경이 현실로 튀어나온 것 같은 아름다운 마을이다. 독일과 국경을 마주한 이 마을에는 중세 시대에 세워진 교회, 성채, 탑이 잘 보존되어 있다. 또 길 양쪽으로 늘어선 알자스 지방의 화려한 목조 건물은 관광객으로 하여금 연신 셔터를 누르게 만든다. 포도주로도 유명한 아름다운 중세 도시, 카이저스베르크는 알베르트 슈바이처^{Albert Schweitzer}의 고향이기도 하다. 지금도 슈바이처 박사가 태어난 저택이 그대로 남아 있고, 생가 옆 건물은 슈바이처 박물관으로 쓰인다.

알베르트 슈바이처는 1875년 당시 독일 땅이었던 카이저스베르크에서 태어나 뮌스터 지방의 귄스바흐에서 성장했다. 그는 일찍이 어떻게 살아야 할지 결정했고 그에 따라 평생을 보냈다.

"1898년 어느 청명한 여름날 아침, 나는 귄스바흐에서 눈을 떴다. 그날은 성령강림절이었다. 이때 문득 이러한 행복을 당연한 것으로 받아들일 것이 아니라, 여기에 대해 나도 무엇인가 베풀어야 되겠다는 생각이 들었다. 이러한 생각과 씨름을 하는 동안 바깥에서는 새들이 지저귀고 있었다. 나는 자리에서 일어나기 전 조용히 생각해 본 끝에 서른 살까지는 학문과 예술을 위해 살고, 그 이후부터는 인류에 직접 봉사하기로 마음을 정했다."

이때 그의 나이 스물셋. 15년 후, 그는 작정한 대로 의료 선교사가 되어 아프리카 대륙을 밟았다.

슈바이처 박사의 희생과 봉사의 삶은 익히 들어서 알고 있었지만, 그의 생가에서 만난 인생의 목표와 비전에는 다시 한 번 감동할 수밖에 없었다. "서른 살까지는 학문과 예술을 위해 살고, 그 이후부터는 인류에 봉사한다"고 했던 그의 결단은 딸 다혜와 나에게 도전을 주기에 충분했다.

슈바이처는 결심대로 신학과 음악 분야에 매진했고, 서른 살엔 교수직을 포기하고 아프리카 선교를 하러 떠나겠다고 공언했다. 그리고 기왕이면 의사로 가면 더 좋겠다는 생각이 들어 뒤늦게 의학 공부를 시작해 6년 만에 의사 면허를 취득했다. 1912년 그는 헬레네 브레슬라우와 결혼했다. 그녀 역시 남편의 선교 활동에 동참하기 위해 간호사 공부를 해서 면허를 땄다. 1913년 4월, 두 사람은 아프리카 가봉의 오고웨 강변에 있는 랑바레네 마을에서 의료 선교사로서 활동을 시작한다. 그리고 슈바이처는 1965년, 90세의 나이로 랑바레네에서 죽음을 맞아 오고웨 강변 무덤에 잠들었다. 아프리카에 첫발을 내디딘 1913년부터 이 세상을 떠날 때까지 52년 동안, 그는 13차례 아프리카에 머물렀다. 햇수로 37년 동안 그는 아프리카에서 의료 선교사로 일했던 것이다.

여행 중에 새롭게 만난 슈바이처의 삶을 보면서 비전을 가진 사람이 얼마나 아름다운지 다시 한 번 확인했다. 그는 아프리카 선교를 꿈꾸었고, 그 꿈을 통해 인류를 위해 봉사하겠다는 비전을 실현했다. 꿈을 통해서 비전을 성취한 사람만큼 인생의 진정한 의미를 아는 사람이 또 있을까? 인류는 슈바이처의 봉사와 헌신을 기리기 위해 1952년, 그에게 노벨평화상을 수여했다.

비전은 "보이지 않는 것을 보는 기술"이라고 말한다. 나는 비전에 대한 이 정의를 생각할 때마다 "믿음은 바라는 것들의 실상이요 보이지 않는 것들의 증거"(히 11:1)라는 말씀이 떠오른다. 이 말씀에 나오는 '믿음'을 '비전'으로 바꾸더라도 그 말은 틀리지 않다.

"비전은 바라는 것들의 확신이요, 보이지 않는 것들의 증거입니다." 이렇게 말이다.

비전을 목적이라고 한다면 꿈은 비전을 이루기 위한 목표다. 마틴 루터 킹^{Martin Luther King} 목사에게는 흑인 해방이라는 꿈이 있었다. 흑인과 백인이 서로 존중하고 존중받으며 함께 어우러지는 꿈이다. 그는 그 꿈을 위해 죽기까지 노력했고, 결국 그의 꿈은 이루어졌다.

비전은 인생의 방향을 제시하는 나침반과 같다. 비전이 확실하면 험산 준령이 아무리 가로막고 있다 하더라도 그것을 넘어설 수 있는 힘을 갖게 된다. 사시사철 밤하늘에서 정확한 방향을 제시해주는 북극성처럼, 비전은 어떠한 순간에도 우리에게 힘이 된다.

함부로 걷지 말아야 할 이유

슈바이처는 아프리카 대륙으로 떠나기 전에 6년 동안 의학 공부를 해서 원하던 의사 면허를 땄다. 선교지에 도움이 될 자격을 찾다가 의사가 적격이라는 판단 아래 이뤄 낸 성과다. 슈바이처의 아내 역시 남편의 사역을 돕기 위해 간호사 자격증을 땄다. 이보다 더 아름다운 부창부수가 있을까? 남편과 아내가 하나의 비전을 가지고 준비하는 모습은 참으로 아름답다. 그들이 헌신하며 평생을 바칠 수 있었던 것은 그만큼 분명한 비전을 보았기 때문이다. 동일한 비전을 가지고 평생을 동역한 이들 부부는 누구보다 행복했을 것이다.

그런가 하면, 오래 전에 나는 비전 없이 살다가 허망하게 세상을 떠난 한 죽음을 보았다. 그는 명문대를 우수한 성적으로 졸업하고 대기업에 취업을 했다. 인생에서 성공했다고 생각해 잠깐이나마 행복했던 그는 같은 나이에 입사한 동료가 자신보다 월급이 훨씬 많다는 사실을 알고 질투심이 폭발했다. 그런데 그 동료가 회계사 자격증을 갖고 있다는 사실을 알고, 그는 회사에 사표를 던졌다. 회계사 자격증을 따기 위해서였다. 그는 이전에 한번도 2등을 한 적이 없었다. 언제나 그의 의식 속에는 '내가 제일 잘 나가'라는 생각이 자리하고 있었다. 그래서 동갑의 동료가 자신보다 월급이 많다는 사실을 받아들일 수가 없었고, 사표를 내고서라도 자신도 회계사 자격증을 따서 더 많은 월급은 물론 사람들로부터 인정받고 싶었던 것이다. 그는 마침내 회계사가 되었지만, 얼마 후 싸늘한 시신으로 부모 앞에 모습을 드러냈다. 회계사라는 목표를 이루자 허탈감을 견디지 못해 스스로 죽음을 택한 것이다.

목표는 중요하다. 그러나 그보다 더 중요한 것은 목표를 통해 이루려고 하는 그 무엇이다. 그 무언가의 가치와 의미가 분명할 때 성취는 더욱 값지다. 무엇을 위해 달릴 것인가? 비전이 없다면 전력질주 하는 방향과 의미를 상실한 것이나 다름없다. 그래서 비전 없이 목표를 향해 달리는 사람들은 목표를 달성한 후에 극심한 허탈감에 빠진다.

자녀가 비전을 갖고 목표를 설정하는 청년의 때에 부모는 방향과 가치를 정하는 데 도움을 주어야 한다. 그것이 부모의 중요한 역할이자 몫이다. 꿈을 향해 달리는 비전의 삶을 부모가 먼저 보여 줄때, 자녀들도 꿈을 디딤돌 삼아 비전을 이루어갈 수 있다. 아이들은 무한한 가능성을 품고 있는 작은 씨앗이다. 부모는 자녀들을 대신해 통찰력과 분별력 있는 눈을 가지고 세상을 멀리 내다봐야 한다. 미래의 그림을 그려 주고 비전을 제시해야 한다. 부모는 자녀에게 가장 가까운 인생의 선배다. 자녀는 부모의 말이 아닌 삶을 보고서 부모가 인생의 좋은 선배인지 나쁜 선배인지 가늠한다.

부모가 어떤 비전을 가지고 어떤 삶을 사느냐에 따라 자녀의 삶의 질은 달라진다. 세상 트렌드를 따라 휘청거리며 사는 모습을 자녀에게 보여 줄 것인가, 아니면 비전을 이루어 가며 경건한 삶을 사는 모습을 보여 줄 것인가. 이것은 서산대사의 시구詩句를 통해 확인할 수 있다.

눈 덮인 들판을 걸어갈 때, 모름지기 발걸음 하나라도 어지럽게 가지 마라. 오늘 내가 걸어가는 발자취는 뒷사람의 이정표가 될 것이다.

눈 내린 하얀 들판을 먼저 걸어가는 사람은 걸음 뒤로 발자국을 남긴다. 뒤따라가는 사람은 그 발자국을 따라 걷는다. 그러니 먼저 걸음을 내디딘 사람이 바르고 곧게 걸어가야, 뒤따르는 사람도 그렇게 걸어갈 수 있다는 말이다.

내가 자녀에게 심어 주고 싶은 비전은 하나님을 경험하는 삶이다. 자녀들이 하나님을 경외하고 따르는 삶, 하나님 앞에서 사는 것처럼 하나님을 의식하며 사는 삶, 세상이 아닌 하나님과 동행하는 삶을 선택하기를 바란다. 그것이 내가 아이들에게 줄 수 있는 최고의 유산이다. 그 유산을 물려주기 위해서는 내가 먼저 하나님 앞에서 바로 서고 바로 살아야 한다. 그러하기에 부모로서 막중한 책임과 부담을 느낀다. 하지만 그것이 거창한 일은 아니다. 다만 어려울 뿐이다. 어려운 만큼 나는 노력해야 한다. 비전을 보여 주기 위해 아이들과 함께 기도하는 대로 살고, 예배드리는 대로 살기 위해 애쓴다. 내가 이루고 싶은 비전, 내가 물려주고 싶은 유산이 바로 그 안에 있기 때문이다.

03

희망의 시작,
있는 그대로 인정하기

실패라는 아픈 에움길을 거쳐

전 세계 67개의 언어로 번역되어 세계 135개국에서 출간된 이 책은 총 4억 5천만 부 이상 팔렸다. 이 책은 어떤 책일까? 모두 8편의 영화로 만들어져 누적 수입 금액만 70억 달러를 벌어들인 영국 여성 작가의 책이라면 대략 짐작이 가는가? 그렇다, 바로 해리 포터 시리즈다. 영국 부자 명단 100위권 안에 들고 하버드 대학에서 명예 문학 박사 학위를 받을 정도로 부와 명예를 한꺼번에 거머쥔 조안 K. 롤링 Joan K. Rowling 의 작품이다. 그러나 잘 알려진 대로 그녀의 젊은 날은 불우 했다. 해리 포터 시리즈로 30대 중반에 일약 세계적인 소설가로 이름을 날리게 된 그녀는, 28세 때는 그저 딸 하나를 둔 이혼녀였다. 게다가 아이를 키우기 위해 정부 보조금에 의존할 만큼 경제력도 없었다. 유모차에 딸을 태우고 에든버러 시내의 카페를 전전하며 소설을 집필했다는 이야기는 이미 유명한 일화다. 당시는 그녀에게 인생 최악의 시기였다. 하지만 그녀는 포기하지 않았다. 2008년 하버드 대학교 졸업식 축사에서 롤링은 이렇게 당시를 회고했다.

> "실패는 불필요한 것을 제거해 제가 진정으로 원하는 것을 찾도록 해 주었습니다. 저는 실패한 제 모습을 외면하며 다른 사람인 척 살아가는 것을 멈추고 자신을 있는 그대로 받아들이기 시작했습니다. 그리고 제가 가진 에너지를 가장 중요한 일을 완성하는 데 쏟기 시작했죠. …그토록 두려워했던 실패를 경험했기 때문에 실패에 대한 두려움에서 자유로워졌습니다. … 추락할 때 부딪혔던 딱딱한 바닥을 주춧돌 삼아, 저는 그 위에 제 삶을 다시 재건할 수 있었습니다."

롤링의 말에서 나는 두 가지를 배운다. 첫째는 "실패한 자신의 모습을 외면하며 다른 사람인 척 살아가는 것을 멈추고 자신을 있는 그대로 받아들이기 시작했다"는 것이다. 둘째, "추락할 때 부딪혔던 딱딱한 바닥을 주춧돌 삼아 그 위에 삶을 재건했다"는 점이다. 조안은 서른도 되기 전에 딸아이를 하나 둔 이혼녀였다. 타인의 삶을 대충 넘겨다보는 사람들의 시선으로 본다면 충분히 실패한 인생으로 보일 수 있었다. 그녀도 자신의 지난날을 '실패'라고 말한다.

가정에서도 수많은 작은 실패가 속출한다. 열심히 공부했으나 시험을 망친 아이, 친구들에게 왕따당하는 아이, 게임에 빠져 있는 아이, 도통 꿈이 없는 아이, 난치병에 걸려 또래와는 전혀 다른 시간을 보내고 있는 아이, 부모의 폭력에 시달리는 아이…. 아이들은 저마다의 실패 아닌 실패로 상처받고 좌절한다. 부부도 실패의 늪에 있는 경우가 많다. 실직과 재취업의 실패, 늘어나는 빚과 이자, 승진에서의 탈락, 직장에서의 왕따, 사업 실패, 개인 파산, 도박이나 인터넷 중독, 부부 관계의 소원함, 외도, 쇼핑 중독, 부모나 형제와의 불화, 별거와 이혼의 위기, 아이에 대한 언어적/비언어적 학대, 아이 성적에 대한 과도하거나 왜곡된 집착…. 그래서 부부 관계가 붕괴 직전인 경우를 주변에서 어렵지 않게 찾아볼 수 있다.

가정 안에 이 많은 실패들이 있다. 누군가는 실패의 원인 제공자이고, 누군가는 피해자다. 모두가 가해자이거나 피해자인 경우도 있다. 그러나 무엇보다 시급한 것은 건강한 가정을 위협하는 실패에 직면해 있다는 사실을 남편과 아내는 직시하는 일이다. 힘들다고 해서 애써 현실을 외면하며 방치해서는 안 된다. 조안 롤링도 "다른 사람인 척 살아가는 것을 멈추고 자신을 있는 그대로 받아들였다"고 말한다.

희망의 시작, 있는 그대로 인정하기

많은 남편과 아내들이 가정에서의 문제가 없는 척, 문제가 아닌 척 살아간다. 하지만 그것은 문제를 해결하려는 자세가 아니라, 무시하거나 덮어 두거나 방관하는 것이다. 쌓아 둔 문제는 언젠가 폭발하게 된다. 따라서 부부가 마주 앉아 어떻게든 문제를 인정해야 한다. 인정이란 곧 문제 해결의 시작이며, 사태를 종식하겠다는 의지의 표현이다.

가정에서의 문제는 쉽게 해결되지 않는다. 가족이라는 이름이 때로는 문제를 더 어렵게 만들기도 한다. 더 쉽게 상처를 주고도 잘못을 인정하지 않는다. 너무 쉽게 말하고 그 언어적 폭력에 대해 용서를 구하지 않는다. 서로에 대한 신뢰가 바닥이다. 이런 문제들은 절대로 하루아침에 해결되지 않는다.

조안 롤링은 "추락할 때 부딪혔던 딱딱한 바닥을 주춧돌 삼아" 삶에 다시 도전했다고 말한다. 척박한 문제의 현실을 탓하고만 있어서는 안 된다. 실패에 대한 인정과 그 실패를 주춧돌 삼아 일어서는 것이 가족의 힘이다.

어떤 평화도 쉽게 이루어지지 않는다. 가족의 화합과 평화라고 해서 예외는 아니다. 실패가 엔딩이 되어서는 안 된다. 뼈아픈 실패는 가족의 화합으로 가는 에움길이다. 돌고 돌지라도 가족이 서로를 포기하지 않고 끝내 화합이라는 장을 향해 걸어가는 에움길. 길은 실패에서 멈추지 않는다. 길은 아직 끝나지 않았다. 돌고 돌아서라도 가야 할 길이다.

영국의 경구에 아내는 '피스 위버peace weaver', 즉 '평화를 짜는 사람'이라는 말이 있다. 가정의 평화가 아내로부터 나오고, 평화를 만드는 데 아내의 역할이 크기 때문에 나온 말이다. 하지만 어찌 아내뿐이랴. 가정의 평화를 위해서는 남편도, 아내도, 자녀들도 함께 베틀에 앉아야 한다. 가정의 평화는 모두로부터 나온다.

사랑하기 위해서

나는 찬송가 559장을 참 좋아한다. 혼자 있을 때도, 가정 예배 때도, 아이들이나 아내와 같이 있을 때도 이 찬양을 자주 흥얼거린다. 내가 추구하는 가정의 밑그림이 그 찬양 안에 있다. 하나님이 계신 가정, 어버이와 동기들이 사랑으로 뭉친 가정, 기쁨과 설움을 같이 하는 가정, 한상에 둘러앉아 그날의 수고를 격려하는 가정말이다.

사철에 봄바람 불어 잇고 하나님 아버지 모셨으니
믿음의 반석도 든든하다 우리 집 즐거운 동산이라

어버이 우리를 고이시고 동기들 사랑에 뭉쳐 있고
기쁨과 설움도 같이 하니 한간의 초가도 천국이라

희망의 시작, 있는 그대로 인정하기

아침과 저녁에 수고하여 다 같이 일하는 온 식구가

한상에 둘러서 먹고 마셔 여기가 우리의 낙원이라

　　　　(후렴)

고마워라 임마누엘, 예수만 섬기는 우리 집

고마워라 임마누엘, 복되고 즐거운 하루하루

　　　　　　　　　　　　　　　　　－찬송가 559장

　　나는 가끔 이 찬양을 부를 때 눈물이 난다. 이 땅에 천국의 모형이 있다면 바로 이 찬양대로 사는 가정일 것이다. 진정으로 복된 가족의 모습이다. 가사에 나오는 가정들만 있다면 우리 사회에서 터져 나오는 문제의 절반 이상이 절로 해결될 것이다.

　　오늘도 우리는 가정 안에서 일어나는 크고 작은 문제들에 대해 남편이자 아버지로서, 아내이자 어머니로서 시달린다. 절망과 소망은 우리 인생에서 평생 밀당을 하며 우리를 울고 웃게 만든다. 허구한 날 다투고 싸우는 부부에게 한 친구가 말했다고 한다.

　　"그렇게 만날 싸우려거든 차라리 헤어져."

　　그러자 남편이 말했다.

　　"헤어질 거면 왜 싸워. 더 잘 살아 보려고 싸우는 거야."

　　그렇다. 사랑하기 때문에 싸우는 거다. 더 사랑하기 위해서, 더 사랑받기 위해서 싸우는 거다. 실망하는 것도 실패하는 것도 사랑 때문이다. 정호승 시인의 한마디는 사랑하며 살아가는 모든 가정들이 새겨들을 만하다.

장미같이 아름다운 꽃에 가시가 있다고 생각하지 말고, 가시 많은 나무에 장미같이 아름다운 꽃이 피었다고 생각하라.

우리의 모든 행동의 이유는 사랑이어야 한다. 찬송가 559장의 찬양을 딱 두 글자로 요약하면 그것은 '사랑'이다. 사랑이 있는 가정의 모습이다. 가정 안에서 사랑하려면 그 모습이어야 한다.

희망의 시작, 있는 그대로 인정하기

| 사랑과 가정에 대한 명언 |

· 사랑이 주인이며, 우정이 방문객이 되는 모든 가정은 그야말로 '즐거운 나의 집'이라고 부르기에 적합하다. 왜냐하면 그런 가정이라면 마음의 피로가 풀리는 곳이 때문이다.

_ 헨리 반 다크

· 살기 좋은 집은 행복의 위대한 원천이다. 이것은 건강과 양심 다음으로 중요한 것이다.

_ 시드니 스미스

· 현명한 사람은 사랑하는 사람으로부터의 선물보다도 선물을 주는 사람의 사랑을 중히 여긴다.

_ 토마스 아 켐피스

· 나는 내일을 두려워하지 않는다, 왜냐하면 나는 어제를 알았고 오늘을 사랑하고 있기 때문이다.

_ 윌리엄 알렌 화이트

· 나에게 오늘이 있는 것은 모두가 아내의 덕분이다. 소녀 시절의 그녀는 나의 가장 친한 친구였으며, 마음 약한 나를 언제나 격려해 주었다. 결혼 후에는 저축에 힘을 썼으며, 투자를 잘해서 재산을 만들어 주었다. 우리에게는 다섯 명의 귀여운 자식이 있으며, 아내 덕분으로 우리 집은 언제나 행복하다. 나에게 조금이라도 명성이 있다면 그것은 모두 아내의 덕분이다.

_ 에디 칸타

· 만일 결혼 생활이 암초에 부딪히게 될 것 같으면, 배우자의 좋은 점과 자신의 부족한 점을 포로 만들어서 비교해 보는 것은 어떨까? 당신은 전기를 마련하게 될지도 모른다.

_ 데일 카네기

· '행복한 가정'을 만들려면 여섯 가지 필요조건이 있다. 첫째, 뼈대가 단단할 것. 둘째, 정돈되어 있을 것. 셋째, 애정에 의해서 따뜻해질 것. 넷째, 명랑함의 빛이 비칠 것. 다섯째, 근면의 통풍기로 공기를 신선하게 할 것. 여섯째, 새로운 인사를 매일 할 것. 그러나 무엇보다도 가정을 비바람으로부터 지키는 천장이 되고 햇볕이 되는 것으로는 하나님의 축복에 견줄 것이 없다.

_ 알렉산더 해밀턴

· 만일 이 세상에서 참된 행복이 있다면, 그것은 세월과 함께 사랑과 신뢰가 더욱더 늘어가는 가정에서 찾아낼 수 있을 것이다. 그런 가정에서는, 인생의 필수품은 격렬한 대립 없이 갖추고 사치품은 그 비용이 신중히 고려된 다음에 갖게 된다.

_ 에드워드 뉴턴

· 가족들이 서로 주고받는 미소는 기분이 좋은 것이다. 특히 서로의 마음을 신뢰하고 있을 때에는….

_ 존 키블

· 부부간에 있어서 '내 것, 네 것'이라는 기묘한 구분을 절대로 해서는 안 된다. 이것이 모든 법률문제나 소송이나 세계대전의 원인이 되고 있기 때문이다.

_ 제레미 테일러

· 사랑은 폭력이라는 폭풍에는 견뎌내는 힘이 있으나, 북극의 얼음처럼 오랜 무관심에는 견딜 수가 없다.

_ 월터 스콧

· 사랑은 서로가 마주보는 것이 아니라 모두 함께 같은 방향을 바라보는 것이다.

_ 생텍쥐페리

· 타인의 눈으로 사물을 볼 것. 타인의 귀로 소리를 들을 것. 둘이면서도 일체가 될 것. 용해되고 융합되어 이미 너도 나도 아닐 것. 끊임없이 흡수하고 끊임없이 방출할 것. 대지와 바다와 하늘을, 그리고 그 속에 있는 모든 것을 전체적인 단일의 것으로 응축하여 아무것도 남지 않도록 할 것. 언제 어디서나 희생할 마음가짐을 가질 것. 자기의 개성을 버림으로써 그것을 배가할 것. 그것이 '사랑'이다.

_ 데오필 고티에

· 결혼이라고 하는 행복의 꽃에는 언제나 부드러운 사랑을 계속 쏟아 주어야 한다. 따뜻한 인정의 빛을 내리쬐어 줌으로써 그 꽃잎을 피게 해주고, 어떤 것에도 흔들리지 않는 '신뢰'의 철벽으로 지켜 줘야 하는 것이다. 이렇게 하여 키가 큰, 결혼이라고 하는 행복의 꽃은 인생의 모든 시기에 향기로운 꽃을 피우며 노년의 쓸쓸함조차도 감미로운 맛으로 감싸게 되는 것이다.

_ 토머스 스프랫

'마지막 5분'처럼 사랑하기

자주 곱씹으며 생각하는 티베트 속담이 하나 있다. 하루를 질주하듯 보내다가 그 속담을 떠올리면 잠깐 시간을 세우고 생각을 가다듬게 된다.

"오늘밤, 우리에게 내일이 먼저 올지 내생이 먼저 올지 알 수 없다."

나에게는 내일이 올까, 아니면 내생이 올까? 그 결과는 다음날 눈을 떠야 비로소 알 수 있을 것이다.

잠자리에서 잠들기 전까지 하는 생각들은 대개 비슷하다. 내일 할 일의 리스트를 꼽아 보고 결정할 사항들, 만날 사람들을 정리

한다. 오늘을 반성하고 돌이켜보는 시간도 있겠지만, 대부분 내일에 대한 다짐과 기대를 안고 잠든다. 마치 '내일'을 확약 받은 사람들처럼 말이다. 하지만 우리에게 예정된 시간이 '내일'이 아니라 '내생'이라면 어떨까? 살다 보면 심심찮게 일어나는 일이다. 나보다 먼저 내일이 아닌 내생을 맞은 지인의 소식을 듣거나, 텔레비전 뉴스나 신문 지상에서도 그런 뉴스가 흘러나온다.

성경에는 그와 관련된 구체적인 비유가 나온다. 어리석은 부자의 예는 앞만 보며 질주하듯 인생을 살아가는 우리 시대 남성들에 대한 엄중한 경고와도 같다. 부자는 땀 흘려 죽도록 일하면서 창고를 채운다. 마치 자신에게 주어진 시간이 영원할 것처럼 재산을 불리는 데만 신경 쓴다. 그런 그를 가리켜 '어리석은 부자'라고 부르지만, 따지고 보면 우리 역시 별반 다르지 않다. 주어진 목표를 향해 죽어라 달리는 것이다. 사회적으로 성공하기 위해 뛰고 또 뛴다.

이런 남편이자 아버지들의 인생에 과연 가정을 위한 자리가 있을까? 죽도록 일할 수는 있겠지만, 죽도록 사랑하는 일은 가능할까? 가족을 보살피고 사랑하는 일이 오늘날 남편이자 아버지들에게는 일단 접어 둬도 좋은 2순위 취급을 받기 일쑤다. 그러면서 가족을 사랑할 시간이야 마음만 먹으면 언제라도 낼 수 있다고 생각한다. 하지만 과연 그럴까? 사랑할 시간은 충분히 남아 있는 걸까? 나는 이 책을 통해 지금이라도 돌이켜보자고, 늦지 않았다고 말하고 싶다.

남편이라는 이름으로 사랑하라

1998년 9월 2일, 뉴욕을 출발해 제네바로 향하던 스위스항공 111편이 대서양에 추락해 229명 탑승객 전원이 사망하는 사고가 발생했다. 사고 후 분석해 보니, 추락 6분 전쯤 승객들에게 추락 예고가 전해졌단다. 자신에게 남은 생이 5분 남짓이라는 사실이 벼락처럼 떨어진 것이다. 그중에는 혼자 여행 중이던 사람은 물론 남편과 아내, 부모와 자식, 친구와 함께한 경우도 있었을 것이다.

그들은 마지막 5분 동안 어떤 대화를 나누었을까?

"당신, 제발 집에 일찍 좀 들어와!", "홈쇼핑에서 물건 좀 그만 사!", "좋은 대학 가려면 이런 성적으론 어림없는 거 알지?"

생의 마지막 5분 동안, 이런 대화를 주고받은 사람들은 아마 없을 것이다. 그 순간 내일 결재해야 할 서류나 이번 주에 잡힌 미팅, 이달에 진행할 프로젝트를 고민하는 사람도 없을 것이다. 더 사랑하지 못한 것이 미안하고, 더 잘해 주지 못한 것이 그저 안타까웠을 것이다. 그 순간, 가장 많이 오간 말은 "사랑해", "미안해", "용서해 줘"가 아니었을까?

나는 이 기사를 접한 뒤로 회사 일이 바빠서 가족의 일을 뒤로 미룰 때, 아내와의 소중한 약속을 지키지 못할 때, 분주하여 아이들을 위해 따로 시간을 내지 못할 때마다 이 마지막 5분을 떠올린다. 사랑하지 않았던 것을 후회하는 사람이 되고 싶지는 않다. 마지막 5분을 남겨 둔 사람처럼, 죽도록 뜨겁게 나의 가족을 사랑하고 싶다.

사랑이 주인이며, 우정이 방문객이 되는 모든 가정은 그야말로
'즐거운 나의 집'이라고 부르기에 적합하다. 왜냐하면 그런
가정이라면 마음의 피로가 풀리는 곳이 때문이다.

— 헨리 반 다크